感动心灵：最受欢迎的微型小说

故事不是假的

——孙禾青春期小说

孙禾 著

花山文艺出版社

图书在版编目(CIP)数据

故事不是假的：孙禾青春期小说 / 孙禾著. -- 石家庄：花山文艺出版社, 2005(2021.8重印)

（感动心灵：最受欢迎的微型小说名家名作）

ISBN 978-7-80673-714-9

Ⅰ.①故… Ⅱ.①孙… Ⅲ.①小小说 – 作品集 – 中国 – 当代 Ⅳ.①I247.8

中国版本图书馆 CIP 数据核字(2005)第 082372 号

丛 书 名：感动心灵：最受欢迎的微型小说名家名作系列

书　　名：**故事不是假的**
　　　　　——孙禾青春期小说

著　　者：孙　禾

策　　划：张采鑫　滕　刚

责任编辑：于怀新

特约编辑：高长梅

美术编辑：齐　慧

责任校对：童　舟

装帧设计：大象设计工作室

出版发行：花山文艺出版社（邮政编码：050061）
　　　　　（河北省石家庄市友谊北大街 330 号）

销售热线：0311-88643221

传　　真：0311-88643234

印　　刷：永清县晔盛亚胶印有限公司

经　　销：新华书店

开　　本：787×960　1/16

字　　数：179 千字

印　　张：12.75

版　　次：2005 年 9 月第 1 版
　　　　　2021 年 8 月第 2 次印刷

书　　号：ISBN 978-7-80673-714-9

定　　价：39.90 元

（版权所有　翻印必究·印装有误　负责调换）

目录 CONTENTS

第一辑 开篇小说

(2)比如,两个少年
(6)爱情来了

第二辑 声色文武

(10)穿越玉米地
(14)被被子埋伏
(17)遇见王小羊
(20)黄昏,有猪经过
(23)搞小姐是个敏感话题
(27)不安
(30)指甲为什么会秃了
(33)对一个夜晚的虚构与纪实
(36)想像力问题
(40)我和马小翠的关系

QINGCHUNQIXIAOSHUO

第三辑 有滋有味

(48)故事不是假的
(51)1937年的死亡
(55)关于那天
(58)尾巴的媳妇叫春花
(61)感谢我爹
(64)出走淮河
(68)日子树上的黄丝巾

第四辑 青春期

(72)勾引周巧巧版本一
(75)勾引周巧巧版本二
(79)勾引周巧巧版本三
(83)勾引周巧巧版本四
(87)勾引周巧巧版本五
(90)勾引周巧巧版本六
(93)勾引周巧巧版本七

第五辑 双子座

(98)有些事跟你想像的一样
(101)有些事并不是你想像那样
(104)关于这天
(107)与这天无关
(110)天黑以后

QINGCHUNQIXIAOSHUO

(113)还说天黑以后
(116)仿佛
(119)仿仿佛佛
(122)小偷是怎样成为流氓的
(126)小偷是这样成为流氓的

第六辑 新闻小说

(130)青衣
(133)生活是玉米
(136)血奶
(139)向左走,向右走
(142)我知道我爸爸是谁

第七辑 妈妈啊妈

(146)妈妈的爱有几斤
(150)替我叫一声妈妈
(153)种相片

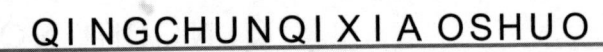

第八辑 简单爱情

(158)1998年,爱过爱情
(161)比星星更高的是什么
(164)八哥九妹

第九辑 那时乡下

(168)寂寞山村
(171)马兰花
(174)泥巴腿腿的快乐生活
(178)娘说他属蛇
(181)山阴
(184)七爷
(187)村长卖驴
(190)他们都是坏孩子
(194)替奶奶讲述一个老掉牙的故事

第 一 辑

开篇小说

比如，两个少年

> 我从来没有像这样这么伤心地哭过。

说说两个少年。一个我，一个石头。

那天，我刚从家出来，就碰见了石头。我说，石头，你娘今天咋让你出来玩咧？没想到的是，石头却说，我娘死了。说完，石头就一下子哭了，眼泪淌了一脸，湿湿的，像刚洗过脸似的。我说，怎么搞的，你娘咋就死了呢？石头说，我也不知道，今天我一起床，就发现，我娘不说话了，起初我还不知道，结果我喊她，也不说话，我哭了，她还不说话，我想，是死了，结果一看，还真是死了。我说，既然死了，那谁也没办法，是吧？石头点点头。我说，要不，我陪你去找你爹？石头望着我，没说话，眼睛透明，看得出的感激。最后石头说，好！

我和石头就去找他爹了。

别说，石头他爹还真不太好找。

为什么这么说呢，是因为我和石头都没见过他爹。听石头描述说，他爹高大威猛，像棵大树。我说，石头，你没见过你爹，你怎么说你爹高大威猛，像棵大树咧？石头说，我听我娘说的呗。我说，那你娘还说啥了？石头说，说的可多呢。我说,说说呗。

石头说,我爹是杀猪的,后来不杀了,不杀了是因为我娘被人干了。干我娘的那个人是狗日的刘高贵。狗日的刘高贵也是个杀猪的。狗日的刘高贵这个杀猪的跟我爹这个杀猪的不一样。我爹这个杀猪的,猪都是自己杀,然后自己去卖肉。狗日的刘高贵这个杀猪的,猪也是自己杀,但他不去卖肉。他是雇人去卖肉的。狗日的刘高贵比我们家有钱。你想想,我们家虽然说天天杀猪,天天卖肉,可我们家却很少吃肉。狗日的刘高贵家几乎天天吃肉,顿顿吃肉。很是操蛋。有一天,狗日的刘高贵趁我爹去赶集卖肉的时候,他就到我家,把正在喂猪的我娘按倒在猪圈旁,就干了。狗日的刘高贵把我娘干后,临走时,还对我娘说,过几天,还来。

讲到这里,石头无缘无故的就停了,说,狗日的刘高贵太可恨了。

我说,后来,那后来呢?

石头说,后来我娘就把这事跟我爹说了。没想到的是,过了几天,狗日的刘高贵他真的又来了。他一来就把又正在喂猪的我娘给抱住了。正当狗日的刘高贵把我娘按倒在地上,掏出家伙准备干的时候,我躲在猪圈里的爹就出来了。我爹不慌不忙,掀起刘高贵,一刀下去,那狗日的刘高贵就少了一条腿。关于这条腿,我娘还特别强调说,那不是一般的腿,是那条腿,蛮重要的。我不知道娘所强调说的"不是一般的腿,是那条腿"到底是哪条腿?反正我知道,狗日的刘高贵比我们少了一条腿。

这个时候,我就问石头说,石头,你说你爹会不会是刘高贵呀?

石头说你爹才是刘高贵呢!

我说,石头,那时还没你,你肯定你爹不是刘高贵?

石头说没我也肯定。

我说,那我们就去找你亲爹吧。

石头说,好。

我和石头就一路走,一路问。我们像两个困难重重的小乞丐。为什么这么说呢,是因为我和石头在打听人的时候,总好遇到狗。打听的越多,遇到越多。你说这狗吧,我和石头都没养过,对它也没什么感情,第一次见面,就咬人,我觉得这很不像话。而我们呢,想打听石头他爹的下落,又必须得一扇门一扇门地敲。于是,我们每敲开一扇门,就是狗先风一样地

3 故事不是假的

跑出来了，跟我们见面。我们吓得不轻。好在我们能跑。于是，我们也风一样地跑，快得很，像电影里演的轻功。最后，我们一直跑得，把那狗累得趴在地上，一动不动，我们就不跑了。我们看着那狗，头伏在地上，舌头伸的老长，喘着气，筋疲力尽的样子，像刚搞过事似的。我就问石头说，石头，你爹砍刘高贵那条腿的时候，刘高贵是不是也这样？

石头说不知道。

我就说，石头，你光说不知道不行呀，你好好想想，你娘有没有跟你讲过你爹砍过刘高贵那条腿之后的事？

石头说有过。

我说，靠，那还不早说。

石头说，我爹砍过刘高贵那条腿之后，刘高贵就回家赶了一头猪，送到我们家，算是赔不是。一头猪值好几百呢，我爹就把猪收下了，放在我们家的猪圈里。我娘再喂猪的时候，就连那头猪一起喂了。我娘说，一喂那头猪的时候，就好想起刘高贵，就不由自主把那头猪给多喂粮食了。到了第七天，没想到刘高贵竟带着一大帮的公安突然来到我们家，说我爹偷了他的猪，还杀人未遂，现在是人赃俱获，证据确凿。于是，我爹就被带走了。

我说，石头，你爹肯定被关了起来吧？

石头说不知道。

我说，我们到城里到关人的地方找吧？

石头说好。

在这年冬天第一场雪的时候，我和石头终于到了城里。到了城里，我和石头的感觉就是，一个字，好！可奇怪的是，城里的人都不理我们。城里的人一不理我们，我们就怎么也找不到关石头他爹的地方了。我就跟石头说，要不，我们也拿把刀砍别人一条腿，然后让公安把我们抓起来，带走，那样我们不就可以见到你爹了吗？石头说，好。

简直和我们预想的一模一样。在我们砍了别人的一条腿后，我们就真的被公安抓了起来。

我对公安同志说，腿是我砍的，你们把石头放了吧，他还要找他爹呢。

石头就被放了。

我再见到石头的时候,是石头来看我。我说石头,看到你爹没?石头说,见到了。我说,你爹给你说什么了?石头望着我,就哭了,说,我要走了,我爹让我回去好好杀猪,挣钱,然后也雇个人去卖肉,然后像刘高贵搞我娘一样,去替他搞一次刘高贵的老婆。

我望着石头,也哭了。我从来没有像这样这么伤心地哭过。

爱情来了

> 爱情这东西,别人都发现了的,味道就淡了些。

关于爱情,我想打个比方。

比方说,一个屋子里站着好多女人,漂亮的,好看的,得劲的,都有,但我进去后偏不是去碰这些女人,而是去一个角落里,很安静地搬了一把椅子,就出来了。我为什么这么做,当然没什么道理可讲。原因很简单,就是我觉得,爱情这东西,别人都发现了的,味道就淡了些,也就没多大意思了。就像那一屋的女人,好多人都看到了,好多人都在打主意,好多人都在用眼睛和念头使坏,等等,而我只是去搬椅子,自然就不一般了。我觉得。

至于我去搬椅子,也是有去搬椅子的道理的。譬如说,我把椅子搬到门外一坐,椅子腿上拴两只鸡,就可以等一个女人。这个女人带没带孩子都可以,是个寡妇也无所谓。为什么这么说,是因为我觉得,生过孩子的女人和寡妇,她们会更疼人些。起码有些时候经验会更丰富些。我是这样想的。可是这样的女人并不多。也可能是我碰到的不多。至于我为什么在椅子腿上拴两只鸡,现在说也说不清楚,到后面你就知道了。

我碰到过的第一个这样的女人叫梅蓝。那天的情况是这样的，我一个人正在家里忧闷，突然有人按我的门铃。我开门一看，是个女的。这个女人开口就问我借钱，而且张口就是借两元钱。这女人就是梅蓝，我后来才知道的。我说，我不认识你我为什么要借给你钱？她说，兄弟，求求你了，我有急用。我说，你再急用，跟我有什么关系，因为我根本就不认识你。她急了，说，你到底借不借？我看她跟我急我也急了，说，我也不认识你，你厉害个毯！这女人一下子就哭了，说，我真是急用，是给孩子救命啊！我一听到她说"给孩子救命"，想了一下，就慢慢说，这事就差两块钱？她说，就两块。我就给她了。她就走了。我，第一次只借给人家两元钱。

　　梅蓝走后，我就再也没有见过她，好几年都没有。我一直觉得这女人怪怪的，也不知道这个怪女人会去哪里。慢慢的，我几乎就快把她给忘了。可我又没能完全把她给忘了，因为她还欠我两元钱。我并不是很在乎那两元钱，有时候我只是想，梅蓝这女人还会不会回来呢？我那两元钱给她孩子的命救了吗？一切都还未知。

　　说说我碰到过的第二个女人吧。

　　她叫容花，是个小寡妇。别说，容花这个寡妇，长得确实不错。我之所以能搞到她，完全是因为她爱占小便宜。而我呢，在对付长得确实不错的寡妇上，就是惯于施小便宜，然后再去占大便宜。这招屡试不爽。要说，这大便宜有多大多大，也是不可能的事。简单地说，也就一张床那么大。我的朋友都是这么比喻的。

　　那天，我搬了椅子坐在门外。椅子腿上面拴了两只鸡。

　　小寡妇容花在经过我的时候，看见了我椅子腿上的那两只鸡，她就立即停了下来。她指着那两只鸡，问我，说，你那是什么？

　　我说，鸡。

　　她说我看看。我就解开一只给她看看。

　　她说，真肥，还是母鸡咧，我还没见过这么肥的母鸡咧！

　　我说喜欢你就拿去。

　　她突然停住手，吃惊地望着我，好像在怀疑我说的不是真的。

　　我说，哎，真的，喜欢你就拿走呗。

　　然后，她抱着鸡就走，飞快地，生怕我反悔似的。

第二天,我又搬了椅子坐在门外。这次,我椅子腿上没有拴鸡。我把鸡拴在了屋子里的床腿上。我觉得这样好。我知道小寡妇容花再经过我这时,看见我椅子腿上没有拴鸡,她一定还会停下来,问我那只鸡哪去了?这由不得你不信。

这不,屁大工夫,小寡妇容花就从我面前经过,她见我椅子腿上没有拴鸡,立马就停了下来,问我,说,你那只鸡呢?

我说,在屋子里咧。

她说,为啥放屋子里呀?

我说,怕它跑了呗。

她说,也不知你那只鸡又长肥了没?

我说我拿给你看看。

我就跑回了屋里,然后就去解拴在床腿上的那只鸡。之后,我就听到容花在外面喊,你怎么还没拿出来呀?我说,是啊,要不,你进来看看吧。

她就进来了。

然后我就把她摁在我的木板床上,很顺利的干了一把。那只拴在床腿上的鸡眼睁睁地看着。它只能这样,尽管它是公鸡。我们干完事后,这只公鸡也自然就被容花抱走了。我一点儿都不后悔。一只鸡算什么?是吧?

打那以后,容花就经常来找我。这个小寡妇扯淡的很,每次找我一张口就是问我借钱,而且一借就是两元钱。我很纳闷儿。因为这让我想起了我碰到过的第一个女人梅蓝。我就在自己心里喊:梅蓝梅蓝梅蓝!喊过之后,我就想,我借给了她两元钱她还记得吗?我借给她的两元钱救了她孩子的命吗?有时候我还想,这个怪怪的女人会去哪儿呢?这个怪怪的女人还会不会回来呢?一切都还是未知。

从此,我每天都搬了椅子坐在门外。椅子腿上面拴了两只鸡。我就这么等着。

我觉得,总有一天,梅蓝会来。

第二辑

声色文武

穿越玉米地

就是那片屎黄屎黄的玉米地,掀开了我生命的新篇章。

讲的这个故事跟鲁小北有关。

那天,鲁小北问我,说,假如你的面前还有一片屎黄屎黄的玉米地,你会不会穿过它?我考虑了一下。我不知道为什么鲁小北形容玉米的黄色总喜欢用"屎黄屎黄的",我觉得很难听。最后我说,穿。鲁小北又说,假如你穿过这片屎黄屎黄的玉米地后,找不到你的女人白花,你还会不会穿过它?我说,穿。鲁小北又接着说,假如你穿过这片屎黄屎黄的玉米地后,会发现很多人,你还将有可能被他们打死,你还会不会穿过它?我说,你也穿吗?鲁小北说,穿。我说,非穿吗?鲁小北说,非穿。我说,穿。

我知道了,鲁小北又要和我一起去打架了。

我最不会打架了。为什么这么说呢,因为我打架时一跑动就好跌跟头,在没东西绊到的情况下也是这样,跑不了也撑不上,所以架就打不好。可鲁小北还老好找我一起去打架。一找我就去。为什么呢,原因也很简单,因为我们是好兄弟。很好很好的那种。具体好到什么程度,举个例子你就知道了。

那天,我和邻村的刘蚂蚁发生了冲突,因为什么呢,因为狗日的刘蚂蚁仗着有钱有势,随便就搞了我的女人白花。我最喜欢白花了。也就是说,白花是我最喜欢的女人。我最喜欢的女人怎么能让别人说搞就搞呢?我就去找刘蚂蚁算账,单枪匹马地。我说,刘蚂蚁,你妈的逼,你为什么搞我最喜欢的女人白花?刘蚂蚁说,我就搞,以前搞,往后还要搞,经常的搞,我他妈的就是搞,你能把我怎么地?我说,好哇,刘蚂蚁,妈的逼,咱走着瞧。我就撤退了。不撤不行,他妈的刘蚂蚁的人太多。晚上,鲁小北知道这事后,一句话没说,就拖着把铁锨,要去找刘蚂蚁。我说,他们人多。鲁小北不理我。我说,他们人狠。鲁小北还是不理我。最后我拉都没拉住。等我再去那片玉米地里找鲁小北时,没找到,我却发现刘蚂蚁一人直挺挺的趴在玉米地里不动弹,手下面一滩红,手的不远处还有一截断指头,血未干,红红的,像半截没吸完的烟头。也就是说,鲁小北为了我最喜欢的女人断了人家一根手指头。更准确地说,鲁小北为了我最喜欢的女人不再被别人搞而断了人家一根手指头。

自从那场架后,鲁小北就出了名。原来我以为刘蚂蚁狠,没想到狗日的刘蚂蚁也怕不要命的。意思是说,我的兄弟鲁小北要比狗日的刘蚂蚁还狠。这是后话了。

还是再说说我最喜欢的女人白花吧。

操蛋的很,自从白花被刘蚂蚁干后,她竟然又跟了刘蚂蚁。

我说,白花,你忘了我们以前了吗?

白花说,以前怎么啦?不就是在那片玉米地里跟你有过一次吗?

我说,是呀,那你怎么又跟狗日的刘蚂蚁了?

白花说,我想跟谁就跟谁。

我就无话可说了。

我气愤得很,我气愤得直想干她,狠狠地干她白花一把,干后再狠狠地扇她一耳光,然后再骂她"贱女人",然后就提裤子走人。我想只有这样,才能证明我有多么的气愤。

可我没有。一是我怕白花不让我干;再一个就是,白花是我最喜欢的女人,我不可能会干过我最喜欢的女人后还打她;三,最关键的是,白花

后面现在有刘蚂蚁。

我问鲁小北,说,白花跟了刘蚂蚁怎么办?

鲁小北说,只要你敢穿过那片屎黄屎黄的玉米地,白花就会回来。

对了,需要交代一点的就是,我们村和刘蚂蚁村之间有一片老玉米地,森林一般,玉米地这边,是我们的地盘。我们,是指我和鲁小北。玉米地的那边,是刘蚂蚁的地盘。我们经常穿越玉米地,进行打架。最激烈的一次,是在白花还没成为我最喜欢的女人之前。那次,我的架打得很出色,从来都没有那样出色。具体地说,那次打架,我没有跌跟头,一次都没,所以很出色,连刘蚂蚁带来的观众都这样说。这观众其中就有白花。等刘蚂蚁他们的人都撤后,我发现白花留了下来。我就很激动。我怎么也没想到,我打了一次出色的架后,就有了一个我最喜欢的女人白花。用鲁小北的话说,就是那片屎黄屎黄的玉米地,掀开了我生命的新篇章。所以我感激那片屎黄屎黄的玉米地。

而现在的情况是,妈的逼她白花又跟了刘蚂蚁。

我又问鲁小北,说,白花跟了刘蚂蚁怎么办?

鲁小北还是说,只要你敢穿过那片屎黄屎黄的玉米地,白花就会回来。

为什么这么说呢,刘蚂蚁几次都让人给我们捎话说,要和我们再打一架,打赢了,就把白花一毛不拔地还给我。我说好。可心里还是有些怕。因为开始我说了,我最不会打架了。他妈的刘蚂蚁又非要和我们打。一点儿办法都没。看来,这架是不打不行了。

第二天,我和鲁小北就准备穿越玉米地,去打架了。我们一人手持了一个柴刀,腰里还别了一镰刀。我们开始穿越玉米地。在高高的玉米林里,我们像鱼一样的穿梭着,感觉有一种很奇怪的孤独。我们一步步朝前走着,一步步接近玉米地的那头。

就在我们接近的时候,我们发现玉米地起火了。熊熊大火包围了我们,我们无论如何也跑不出去,哪怕我们长出他妈的不可能长出来的翅膀。

在最后,我问鲁小北,说,如果这场架我打得很出色,你说,白花还会不会留下来?

鲁小北没有说话。

我又问鲁小北,说,如果我们出去,这场架又打得很出色的话,我们再不打架了好不好?

鲁小北仍没有说话。

我一看,18岁的鲁小北真的已经死了。

被被子埋伏

> 我说,荷花,我家的母猪没了,猪肉也到了你们家,你以后就要好好跟着我。

那天,我终于要把荷花带回家了。不巧的是,刚好下雨。是小雨,稀稀拉拉的。我就把衣服顶在荷花的头顶上。荷花看着我光着身子淋在雨里,就特感动。荷花说她好久都没有这么感动了。荷花还说我其实是个好人。我得意得很。我心想,我把荷花搞到手的日子终于不远了。荷花不知道我想啥,就问,你在想啥呢,还笑,一脸的坏相。我愣没反应过来,支支吾吾了一下,笑笑,结结巴巴地说,我在想我们家的母猪,这几天该产小猪了,高兴。荷花笑了,说,噢。

其实,让我萌生把荷花搞到手的念头很简单,说件事你就知道了。那天晚上,天都快黑了,我在后面猛追荷花,可荷花不知道后面追的是我,就一直的跑。我就使劲的追,荷花也使劲跑,鞋都跑掉了。最后在经过一个麦地的时候,荷花终于跑不动了,就钻进麦林里了。我也钻进去了。我钻进去后,就一把抱住荷花,喘着气说,你跑什么跑,你妈让我给你送钥匙呢。荷花一看是我,说,是你呀,吓死我了。说完,我们都瘫倒在麦地上了。恰在这时,荷花的妈挑着两篮草就出现了。荷花的妈扔下草篮,抢起扁担就要砸我。我还没准备好,刚要站起来,就被荷花的妈一扁担又给抡下去了。一头的血。我再站起来,想要解释的时候,荷花的妈已经扯着荷花走远了。

打那以后,荷花的妈逢人就说我想打她荷花的主意,有一天还亲眼见我在麦地里把她荷花按倒了。结果一传十,十传百,我的名声就彻底搞臭了。我很无奈。有几次,我找荷花出来想把这事彻底澄清一下。可荷花说,当时她也不知道我是给她送钥匙的。我说,操,你现在知道了,就出来说说呗。荷花说,可当时我们睡在一起我妈都看到了呀。我说,睡在一起咋了,我又不是故意的。荷花说,不是故意的也不行。我说,少扯淡,你到底说不说?荷花说,不说,谁让你坏呢。我说,靠,谁坏?明明不想搞你,偏偏说我想搞你,都是你妈坏。荷花说,你妈坏。我说,你妈。荷花说,你妈。我一恼,就又把荷花按倒了。

老实说,这一次我还真是产生了想搞荷花的念头了。荷花都19岁了,有着那么健康的身体,由不得我不想。我想换了你也一样。荷花的身子在我下面,一动不动,我也一动不动。最后我的手都放到位置上了,还是没敢大动。事后后悔得不行。

第二天,荷花的妈带着哭哭啼啼的荷花找到我,说要讨个说法。反正我的名声已经臭得不行,无所谓了。我就跟荷花的妈说,我就是想搞荷花,狠狠地搞,你能把我怎么着?荷花的妈见我这样,竟然没说一句话,扯着荷花就走了。我很意外。心想荷花的妈这是怎么了?可实在是想不通。也不管它了。于是,心中便升腾起一阵阵的快感,像真搞了荷花一样。

有了那一次,我就比较大胆了。我经常去荷花家去找荷花。可每次荷花的妈都说荷花不在。我不怕。我就一遍遍的问,我说,荷花去哪了?荷花的妈说,去哪哪了。我说,不可能,我刚从哪哪回来。我又问,荷花到底去哪了?荷花的妈说,去哪哪哪了。我说,不可能,天都快下雨了,她去恁远干啥。我还问,荷花到底去哪了?荷花的妈说,她真去哪哪哪了,去买嫁妆了。我就直奔哪哪哪了。后面紧跟着就是慢慢高潮的雷声。

我把荷花带回家后,我让荷花坐在床上。我对荷花说,我给你讲个故事吧。荷花说,好。我就说,从前有一大一小两个天使,他们到一个富人家去借宿,富人对他们很不友好,只在地下室给他们找了一个角落,当天使们要睡觉时,大天使发现墙上有一个洞,就顺手把它修补好了。第二天,两个天使又到一个穷人家去借宿,穷人却对他们非常好,把仅有的一点点食物拿出来给他们吃,然后又让出自己的床铺给他们睡。第二天一早,两个天使却发现,穷人在哭泣,原来他家惟一的一头母猪死了。

讲到这儿的时候,荷花就笑。荷花说,说的是不是你家那头母猪呀?我说,是呀,就是我家的那头母猪,昨天已经死了。荷花说,好哇,怪不得我们家有那么多猪肉呢,原来你把猪肉都送到我们家了。我说,你妈坏,早就打我家母猪的主意了,我就送去了。荷花说,你妈才坏呢。我说,你妈坏。说着说着,我就把荷花按倒了,手乱动。荷花说,别动,接着讲。我说好。

我就接着讲。我说,得知穷人家的那头母猪死后,小天使非常愤怒,他问老天使说,为什么富人家什么都有,你还帮他修补墙洞,穷人家那么穷而你却没有阻止他们家母猪的死亡。老天使说,有些事并不像它看上去那样,在富人家时,我从墙洞看到他家的墙里面有好多金块,所以我就把墙洞填上了。在穷人家,本来他永远娶不到老婆的,昨天晚上,死亡之神突然经过,要带走他的老婆,我就让那头母猪替换了她。

讲完,我就笑。我说,荷花,我家的母猪没了,猪肉也到了你们家,你以后就要好好跟着我。荷花笑着打我。我把荷花双手一抓。结果我们就被被子深深埋伏。

遇见王小羊

> 我对王小羊说，要不，你也骂骂我吧？我的声音很低，像被斗败的公鸡。

如果这件事情没有发生，我也不会说。我很累。现在我既然说了，那就得说完。我有这个习惯。其实说与不说，也并不意味着什么，因为我根本就不认识王小羊。再说，我把事情的经过都告诉你了，你也未必会信。讲过去了的事真的是一件很无聊的事。

上次遇见王小羊，纯属是个巧合。那天我背着一大捆书，还有一捆用床单裹着还未来得及，或者说懒得洗的衣裳，心潮澎湃，觉得自己终于可以离开学校了，觉得自己终于可以大把的挣钱了，还觉得自己终于可以搞到更多的女人了。我拿毕业证那天以为自己会有无数个女人。我匆匆的走向校门，对身后的校园一点儿兴趣也没有了。不仅如此，我还鄙视留在校园里的所有人。包括王小羊。我说，他们多没出息呀。

那天，就在我出学校那个大铁门的时候，出了点儿小麻烦。由于我背的东西过多，门只开了一小扇，我估计过不去。但心情高兴，我就突然想冲过去，像逃跑一样。但我又不知道能不能冲过去。我心里就说，试一下

呗！就冲了。结果我就被卡住了。我一动也不能动,引来好多围观的。我很难堪。我就骂,说,他妈的,哪个傻逼把门开恁大一点点?恁大的门就开这么一小扇,是人过的吗?这时,王小羊就来了。我这才知道王小羊是学校看大门的。

王小羊来到我跟前说,我帮你吧。

我没理他。还想骂他。我觉得是他让我这么难堪的。

我觉得王小羊是真他妈的操蛋。

我说,王小羊,你是干什么吃的?明明看我弄这么多东西,还不过来把门开大一些?一点儿眼色都没,你说要是我受伤了怎么办?这责任谁负?我要是校长,早把你开了,这点儿事都干不好。再一个,你说你年纪轻轻的,干什么不好,非要来看门?有出息吗?你说说,你除了看门还能干啥?还能干啥呀?真是。

说出这些话,我就后悔了。我有些良心不安。我还有些问心有愧。但都为时已晚。因为说出来的话,吐出来的痰,再不能收回了。我多希望能够收回呀。哪怕收回一半,哪怕收回一句,都行。目的很明显,我不是故意的,可以这么说吧。

我背着一大捆书,还有一捆用床单裹着还未来得及,或者说懒得洗的衣裳,走了一小段路后,我又折回来了。我的内心真的是后悔得不行,我必须得给王小羊道歉,我觉得。但我不知王小羊会不会原谅我。我对王小羊说,要不,你也骂骂我吧?我的声音很低,像被斗败的公鸡。王小羊说,没事的,你走吧。我觉得内心还是不能平衡。我又说,要不,我帮你看会大门?王小羊笑笑,说,真的没事,你走吧。我就走了。

在我走的还不到100米远的时候,我又被逮了回来。

不是王小羊。是两位警察同志。

一位警察说,人是不是你杀的?我说,我怎么会杀人呢?警察说,那你为什么见到我们就跑?我说,我以为你们要追我。警察说,你没杀人,我们为什么要追你?我说,我没杀人我也以为你们要追我。警察说,那是为啥?得有原因吧。我说,因为就是我骂了王小羊。警察说,王小羊是谁?我说,王小羊就是王小羊。警察说,王小羊到底是谁?我说,王小羊到底还是王小羊。

另一位警察说,你背的是啥东西?我说,我背的有书,有新书有旧书,还有衣服,有牛仔裤,有内裤,有袜子,有拖鞋,还有这床单。警察说,你是不是想潜逃?我说,什么呀,我毕业。警察说,你床单上怎么会有血迹?我说,我床单上怎么会有血迹呢?不可能的呀?警察说,你再看看。我说,那呀,是我去年,弄我女朋友留下的,我没舍得扔。警察说,让我们检查一下吧?我说,检查什么呀?我和我女朋友早分手了,不骗你。警察说,检查你的包。我说,哦。

在警察同志检查完我的包裹后,我傻眼了。他们竟然从我的包裹里搜出一把刀。我说,这刀绝对不是我的,我怎么会有刀呢?我不可能有刀的,这刀绝对不是我的,请相信我,这一定是有人陷害我,真的,让我想想,我一定能想出他是谁,对了,他一定是王小羊,一定是王小羊,因为我刚才骂了他,他怀恨在心,就陷害我了,你们抓他去吧,快点儿去,不然,他会跑的。

王小羊就这样被警察同志抓走了。

因为王小羊承认了那刀是他放到我包裹里的。跟我推测的一模一样。

我心里窃喜,还骂,王小羊是真他妈的操蛋。

我正准备松口气,我的电话响了。是宿舍屠夫的儿子马头。他说,你是不是已经走了,你看见我的刀没?我新买的,我给我爸带的,我昨天喝醉了迷迷糊糊可能塞错包了,我找遍了都没找到,我急死了,那是我跑遍郑州才买到的,我问过他们几个了,他们都说没见,就剩你了,你好好找找看,给我回个电话。

过了一会儿,我给马头回电话。

我说,我操你妈的猪逼。就挂机了。

孙禾青春期小说

黄昏，有猪经过

那炸响的鞭声，响彻村口，也响彻我呼吸里曾经猥琐过的每个细节。

在淮河村长大的孩子都知道，石头是个傻子。说实话，我不怎么喜欢傻子，真的。想想，怎么会有人喜欢傻子呢？除非他自己也是傻子。但事实上，我还是比较喜欢石头的。说不出来味道的那种喜欢。很是奇怪。我的理解是，这种概念上的奇怪的原因也应该很简单。譬如说，我只是觉得石头这孩子可怜。没有爹的那种可怜。再一个原因可能就是，与我觉得石头的娘长得好看有关。就这么简单，不骗你。

关于石头的娘长得好看的程度，我不想用一些很俗的形容词去形容。好多写小说的人都用烂了。一点儿都不过瘾。我想举个例子。具体的例子说明一下，应该更生动一些。我想是这样的。可是，我举不出来。道理也很简单，因为还有好多事情根本就还没有发生。这很好理解的。再进一步的说，其实，石头他娘只是有好多人在想。很猥琐的那种。在这点上，我敢打包票。土把和二拐子就曾表达过。土把和二拐子都说，真想看看石头他娘洗澡。于是，我对土把和二拐子就稍微有一种恨恨的感觉。

　　土把是我叔伯的儿子,比我大,没结婚,特想女人。前些年,外出打工,干了人家的女人,被讹了不少钱。土把回来后就特恨女人。土把还到处找女人。土把总和我们村的二拐子一起找。找不到。土把就经常和二拐子睡在一张床上谈女人。我有的时候去挤挤。这样,一个女人便有三个男人谈。我们谈的最多的就是石头他娘。在被窝里,兴奋而热烈。可还总觉得谈得不够透彻,不够深入。有几回,那种激动差点落到石头他娘身上的某个部位上了。这时候,土把就说,睡吧睡吧,大家就睡了。

　　以上都是表象,你是知道的,想看石头她娘洗澡,几乎很难。谁哪能天天洗澡,等着你来看?再说,偷看人家洗澡被逮住了,会很难堪的。谁都不愿意拿脸皮一试的。就连土把和二拐子都知道。真正想从石头他娘身上得到快感,还是得走近石头。譬如说,你拿一把炒得焦脆的黄豆给石头吃,然后开始问石头,比如:昨晚你娘有没有搂着你睡觉呀?你娘床上有没有男人呀?那男人睡在你娘身上还是你娘睡在那男人身上呀?当然,问这种问题的只能是二拐子,或是土把。一般情况下,石头吃完黄豆后,你要是再给他一把,他都给说了,包括那男人是谁。否则,就两个字:没有!

　　说到这儿,该说说石头他爹了。其实说也说不清楚。石头他只是爹死了。是不得而知的那种死。传说是得了陉病。村里人也都懒得过问。想想,家家都有本难念的经,都自己家里的事还忙乎不完呢,哪还有闲心问这个?再说,一个两三百人的村子,于某年某月某日死个人,多正常的事呀。基本没什么蹊跷可言。要说有的话,就是石头他爹还年轻,身体还壮,怎么说没就没了呢?石头他娘就说:那天我和石头等石头他爹等到很晚,我还对石头说,去门口望望,爹回来没?就在这时,他爹就回来了,站在门口,像一棵树。也不说话。我迎上去,说,怎么啦?我说着这话的时候,他爹就"扑通"一下倒在地上,死了。石头他娘说完,就哭。很难听。既然人家石头他娘都这么说了,还有啥说的呢。是门里的,该送礼的就去送送礼,该哭几声的就哭几声,没啥大不了的。不就是死个人嘛。

　　石头他爹死后,石头便和他娘相依为命。石头白天傻傻的,弄到不少黄豆吃。石头一到晚上,就特精。他一直坐在门槛上,守着,总是很晚才睡。有时候还整宿整宿的不睡。问他,石头总可惜地说,唉,我爹没了。石

21

故事不是假的

头总是这样。石头也从不抱怨。有一天,石头就意外的听到他娘房间有忽悠忽悠的声响,像有东西拱他娘的身子,他娘嗷嗷地叫。这声音很小,像是被刻意压抑着,却很清晰。石头就喊,娘,怎么啦?他娘就在屋里回应,没啥,有头猪。石头他娘一说完,就真的有头猪哼哼哼地叫一通。石头捡起一块石头,就朝他娘屋里扔了一下。那石头砸在门上,嘣的一声。紧接着,石头还骂,猪啊猪,我操你妈逼的,我爹都没了,你还来操什么蛋!这时,他娘屋里就没猪叫了。

第二天,村里就传出土把死了。得陡病死的。死在石头家门口。石头他娘说:一大早,我和石头正准备出门放猪。就在这时,土把来了,站在门口,像一棵树。也不说话。我迎上去,说,有事吗?我说着这话的时候,土把就"扑通"一下倒在地上,死了。石头他娘说完,就和土把家里人,也就是我叔伯家里人,一起哭。我也在其中。我哭的时候,顺便看了看石头的娘。我看她脖子红红的,像是被谁咬过。又不是真咬的那种。很撩人。但一想,既然人家石头他娘都这么说了,还有啥说的呢。不就是死个人嘛。

第三天,村里又传出二拐子死了。也是得陡病死的。死在石头家门口。石头他娘说:一大早,我和石头正准备出门放猪。就在这时,二拐子来了,站在门口,像一棵树。也不说话。我迎上去,说,有事吗?我说着这话的时候,二拐子就"扑通"一下倒在地上,死了。石头他娘说完,就和二拐子家里人一样,一起哭。既然人家石头他娘都这么说了,还有啥说的呢。不就是死个人嘛。

到了第四天,我就害怕了。到底害怕什么,我也不知道。我很难按这个思路想下去,我不可以让人无穷无尽地死下去的。所以,到最后,直觉得会轮到自己死。真是太可怕了。更可怕的是,每天黄昏的时候,我都可以看到石头赶着两头猪从村口经过。那猪分明就是土把和二拐子。我看得很真切。他们一遍一遍挨着石头的鞭子。那炸响的鞭声,响彻村口,也响彻我呼吸里曾经猥琐过的每个细节。

搞小姐是个敏感话题

> 我为什么会对××年的事还记得这样清呢？要说，原因也简单。就是因为这年是我和张大民第一次去搞小姐，所以记得特清。

我和张大民第一次搞小姐是在××年。那年我19岁，张大民23岁。

那年的事我记得特清。

我为什么会对××年的事还记得这样清呢？要说，原因也简单。就是因为这年是我和张大民第一次去搞小姐，所以记得特清。另外，我记得特清还有一个原因就是，我和张大民第一次去搞小姐，竟然都没搞成。

那天的情况是这样的。

我和张大民在建筑工地上干活，提泥兜，提到晌午的时候，我就对张大民说，提泥兜的活真他妈的累，不想提了，歇会儿吧？张大民说，我也是，歇会儿就歇会儿。我说，张大民，你说我们天天除了提泥兜，也没有想去干点儿其他的，活得真没意思。张大民说，我也觉得，你说那咱们干点儿其他的啥有意思呢？我说，那咱们还是吸根烟吧？张大民想了想，说，好。

我们就躲到一个楼脚后面吸烟。

上次我们也是在这里吸。上次我们吸的是红旗渠烟。

上次张大民说,知道我为啥好吸红旗渠烟不?我说,不知道。张大民说,上次我到林州拉石灰,碰到一个林州鸡,骚得很,非要跟我干,她说我们民工比较有劲。结果,没办法,我就让她见识了一回,就把她给干了,就在红旗渠旁边,结果她很舒服,临回来时,人家还送我一包烟做纪念。我说,靠,好事咋都让你赶上了。张大民就嘿嘿地笑,露出两排难看的牙。

这回我们吸的是新疆吐鲁番五星莫合烟厂生产的火焰山牌莫合烟。我看烟盒上写着"天下奇山火焰山,维烟精品莫合烟",我就问张大民,说,这烟你从哪搞的,不赖吧?张大民说,那当然,我能吸一般的烟吗?跟你说,这烟,档次高着咧,这烟盒里全是丝,得用纸包着吸,保你见都没见过。我说,我还真没见过哩,说说你从哪搞的这么好的烟呗?张大民说,麻烦着咧,是我搞一个新疆小妞,把她搞舒服了,她送的。我说,靠,怎么你搞人家,人家还老是送你烟呀,这么好,花钱没?张大民说,废话,搞女人哪有不花钱的,一次100块钱哩。我说——可还没等我说出来,扯淡得很,就有一个老头催我们干活——你说这工地也不是他的,也不是他亲戚的,恁多事,简直就是个令人讨厌的老头。

我和张大民就回到工地上继续干活。

提泥兜的活很贱,一天才10多块钱,从早上6点干到晚上12点。我跟张大民说,咱这干十天才够搞一回女人呀,真不容易。张大民说,你十天能搞上一回还真不错呢。我说,咋啦,你十天后愿意花这个钱,咋还不错呢?张大民说,愿意花钱也不行,你不知道,妈的逼,好多鸡都嫌咱脏,给钱也不让搞。我说,靠,那我们就更不容易了。张大民说,那还用说。我说,张大民,要不,今天,咱,搞一回试试?张大民望着我,又想了想,最后说,好。

晚上,我和张大民就出发了。我们准备了100块钱,在金水河里洗了一澡后,就在东风路和丰庆路交叉口附近找了一家10元休闲屋。听说这里面的鸡多。

可到了门口,我和张大民都不敢进去。

我们就外面磨蹭。磨蹭了老半天,还是不敢进去。

我们就隔着休闲屋那毛玻璃门,朝里望。

我们隐隐约约的看到里面的女人,身子陷在沙发里,两条大腿动来动去的。我说,看到没,那就是鸡。张大民说,看到了,听说她们裙子里什么都没穿,光光的。我说,光不光,待会儿不就知道了。张大民说,我现在真想进去掀开她们的裙子看看。我说,你进去呗,跟她们搞搞价,看还能不能优惠,比如100块钱咱俩一人搞一下,还跟她们说如果有优惠我们会经常来搞的。张大民说,你咋不进去呢?我说,我没经验,没搞过鸡。张大民说,我也没经验,以前搞鸡都是胡扯的。我说,妈的,都被你骗了,这次,你要不进去,我就回去。结果,张大民就进去了。

张大民半小时后才出来。

我问张大民说,价谈好没?

张大民说,不让搞。

我说,不让搞,那你咋还磨蹭到现在才出来?

张大民说,我想多看一会儿,记住她。

我说,不让搞,记住屌用。

张大民说,我会让她舒服的。

结果还真是让张大民自己给说中了。我的意思是说,张大民真的又去找那个鸡了。我的意思还是说,张大民于××年×月×日要去强奸那个鸡。为什么说是强奸呢?情况比较复杂。

那天,张大民要搞人家,人家不让搞,人家说人家不是鸡。张大民呢,非说人家是鸡,非要搞人家,结果人家就打110了。110说,张大民,你这是强奸,强奸是犯罪,你知不知道?张大民说,我没强奸,我没搞成,她就打电话了。110说,没搞成也不行,没搞成是强奸未遂,强奸未遂也是犯罪。张大民就被带走了。

三天后,我去看张大民。

我说,张大民,你怎么可以强奸呢,强奸是犯罪的!

张大民说,我没强奸,我没搞成,她就打电话了。

我说,没搞成也不行,没搞成是强奸未遂,强奸未遂也是犯罪。

张大民就吓哭了。张大民边哭边说,我没想到呀,我只是想把她搞舒服了,给她100块钱就行了,哪想那么多呀。

我说,你还给她100块钱了?

张大民说，是呀，想搞人家哪能不给人家钱呢？

我一下子就懵了。我说，你被人家搞了。

张大民说，啥啥？

我想了想说，没啥，等你出来，咱再搞她一次。

不　安

> 这谁到底是谁呢？我一直琢磨不出来。像个谜。

我和毕小娜已经十年没见了。

那年那天，她从北京回来，见面的第一句话就跟我说，职高的那个邱老头死了！我听不懂，也没明白她啥意思，就说，职高哪个邱老头呀？她说，你忘了，就是职高门口那个经常卖给我们锅巴的那个邱老头呀。我一拍脑袋瓜子，恍然大悟，说，噢，想起来了，就是那个小卖部的老头呀，他怎么说死就死了，他人不是挺好的吗。她说，那当然，再好也是会死的。我说也是。

我搞不懂毕小娜为什么一见面就给我说这些，很无聊。你说，这偌大的世界，像邱老头这样的一个区区小人物，每天也不知道要死多少，简直是太平常不过的事了，至于用于我们十年后见面的第一次对话吗？我简直越想越不对劲，越觉得毕小娜没以前有意思了。而我呢，想，十年前没把毕小娜搞到手，这次有必要把她搞到手，机会难得。我就问毕小娜，说，你来郑州就是来找我？

毕小娜说，也不是，还找人。

我说，还找谁呀？

她说,你不认识。说完,就嘿嘿地笑,笑得像刚听了一个笑话似的。

我很反感,只是应付地说,是吗?

我们就没话说了。

其实是我懒得说。我可恼,总感觉她嘿嘿地笑很淫荡。不过,我并没有表现出来。我心想,这贱女人真是贱,十年前贱,我没弄到手,十年后还是贱,这不,又大老远来郑州给谁送肉来了。这谁到底是谁呢?我一直琢磨不出来。像个谜。

我就问毕小娜,说,你还是说说职高那个邱老头是怎么死的吧?

她一下就来了兴致,说,哎呀,那邱老头死得可有意思啦。

我说,说说呗。

她说,你知道不,在学校里,有一堵墙,由于太久了,都快倒了。邱老头每天就守在那里,见有同学经过,就提醒那同学说,那堵墙要倒了,远着点儿走吧。被提醒的同学望了望他,还是大模大样地顺着墙根走过去了——那堵墙没有倒。邱老头很生气,说,怎么不听我的话呢?结果又有同学走来,邱老头还是予以劝告。三天过去了,很多同学都从墙边走过去,墙都没有倒。第四天,邱老头感到有些奇怪,就不由自主便走到墙根下看看,然而就在此时,墙就猝然的倒了,邱老头被埋墙下,就死了。

我说,靠,你瞎编的吧?好像在哪听过。

毕小娜说,靠什么靠,你先听的是假的,现在听的才是真的。

我就笑。她也笑。但我没她笑得厉害,一半都没。我看她笑得,简直是牛逼哄哄的,头勾着,胸部一颤一颤的,好像挺冷似的。

晚上,顺理成章,我请毕小娜吃饭。

我们刚走进一家饭馆,毕小娜就接了一个电话。我看她又惊又喜的。十分钟后,我就看到尤远来了。我很意外。尤远可是职高时的铁哥们儿,十年前就失去了联系,没想到的是,因了毕小娜,我们竟有机会得以相见。这一点得感谢毕小娜。于是,我就在频频跟尤远碰杯的同时,也不忘给毕小娜敬酒。结果不到半个钟头,就把毕小娜给搞得不省人事。

我问尤远说,你和毕小娜一直联系着呢?

尤远说,一直。

我说,你喜欢她?

尤远没说话。

我不好意思再问,说,知道不,职高的那个邱老头死了!

尤远说,职高哪个邱老头呀?

我说,你忘了,就是职高门口那个小卖部的骚老头呀。

尤远一拍脑袋瓜子,说,想起来了,那骚老头呀,怎么死的?

我说,你知道不,在学校里,有一堵墙,由于太久了,都快倒了。邱老头每天就守在那里,一见有女生经过,就提醒那女生说,那堵墙要倒了,远着点儿走吧。被提醒的女生望了望他,还是大模大样地顺着墙根走过去了——那堵墙没有倒。邱老头很生气,说,怎么不听我的话呢?结果又有女生走来,邱老头还是予以劝告。三天过去了,很多女生都从墙边走过去,墙都没有倒。第四天,邱老头感到有些奇怪,就不由自主便走到墙根下看看,然而就在此时,墙就猝然倒了,邱老头被埋墙下,就死了。

尤远说,靠,瞎编的吧?好像在哪听过。

我说,靠什么靠,你先听的是假的,现在听的才是真的。

尤远说,死得好哇。

我说,你也知道邱老头跟毕小娜的事?

尤远说,知道。

当年邱老头跟毕小娜的事是这样的。那年夏天,夜里,毕小娜约我到她宿舍里,我们刚抱到一起,要把她放倒在床上的时候,她宿舍的一个女生回来了,而且还带来了校长老师等一群人,我很害怕,就翻窗户从后面仓皇而逃。校长没逮住我。校长问,那人是谁?毕小娜哭哭啼啼不说话。校长又问,那人到底是谁?毕小娜仍不说话。校长骂,妈的,不说开除你。毕小娜就哇地一声哭出来了,边哭边骂邱老头。校长不信。老师也不信。但,后来,学校私下里还是传言毕小娜被校长的爹干了。

尤远说,我和毕小娜要结婚了。

我吃惊地说,真的?他说,真的。

我开始猛灌啤酒,一句话也不说。我心里忧闷,想,毕小娜真的要结婚了?和我的兄弟尤远?

指甲为什么会秃了

> 在后来的时间里，我打算把我所有的手指甲都给剪秃掉，用纸包好。

那天，在郑州的街头，我又碰到了比较扯淡的林风。我已经很不想见到他了。为什么这么说呢？我喜欢的一个姑娘叫何小云，他喜欢的一个姑娘也叫何小云。说白了，也就是一个何小云。意思就是说，林风喜欢上了我喜欢的何小云，所以，我觉得林风比较扯淡，所以我很不想见到他。

老实说，我承认我对林风怀有偏见，对他的一言一行都表示反感和排斥，有时候甚至到病态的地步。譬如，我不喜欢林风他成天背着一架琴，在世纪欢乐园门口的假山下，弹一些忧郁恍惚的曲子，仿佛他不这样搞人家不知道他是搞艺术的似的。譬如，我还不喜欢他的长头发，一个经常不洗头的人留长头发，确实让人恶心。譬如，我还不喜欢他那洗得发白的牛仔裤，不洗头光洗牛仔裤能说明什么呢？什么也说明不了。

现在想想，我最后悔的，就是不该带何小云去世纪欢乐园。

为什么这样说？得把时间再往前推一推，也就是我带何小云去世纪欢乐园去玩那年。

那年,何小云19岁,她生日,我带她去世纪欢乐园去玩。我们一到门口,就刚好碰到了在门口弹琴的林风。何小云说去看看吧?我说好。不知什么时候,林风就对何小云说,我喜欢你的素面朝天。是,何小云不喜欢涂脂抹粉。何小云的素面朝天我也喜欢。何小云让我觉得她比现在的任何女孩子都好看。这也许是因为我见识少,还没有见识过什么叫好看。但也有另一种可能,那就是何小云确实比现在的女孩子都好看。当时,穿着干净的何小云,双手插在裤兜里,一直站在暖洋洋的阳光下跟林风说话,还时不时缠着林风要他弹琴给她听。后来,何小云就明显理我少了。我觉得这事是真他妈的扯淡。

记得何小云曾给我说一句话,关于林风的,即:我从来没有想像过会有一个男孩子,能旗帜般的让我感受到出生的温暖和阳光的感觉。其中"男孩子"应该指林风,意思是说,林风让她有出生的温暖和阳光的感觉了。当时我的感觉是,这句话像搞笑,根本不切实际。你想想,林风光弹弹琴能满足何小云什么?是诗意?是情调?是浪漫?还是生理?我觉得都他妈的狗屁,根本不会长久的。于是我就嘲笑何小云的傻。我还接着嘲笑女人的笨,光有身体,没有脑子。我的理解是:林风不务正业,没有钱,现在是卖艺,紧接着的是,可能卖身。

可何小云跟我的理解不一样。

何小云说:我很小的时候,妈妈就抛下我和父亲,和一个有钱的男人跑了,很绝情。后来那个有钱的男人破产了,妈妈也就回来了,我们很高兴。但是后来,妈妈又跟一个有钱的男人跑了,后来那个有钱的男人也破产了,但这次却留给妈妈一大笔钱,让妈妈走了。于是,妈妈就找我们。我和父亲从山东躲到山西,从河北躲到河南。一生都在躲避。但我知道,妈妈后悔了。但后悔了又有什么用呢?

我说,何小云,我会帮你的。

何小云说,你能帮我什么?。

我说,我什么都能帮你的。

何小云说,你什么都帮不了的。

在我记忆中最冷的一个冬天里,何小云与林风关系的发展持续升

温。甚至有一天,何小云提出要林风搬来和我与她合租的房子里一起住的请求。没想到的是,我竟同意了。林风搬来那晚,我请他们吃了饭,还和林风以及何小云破天荒地喝了很多酒。至于我为什么要请他们吃饭,为什么和他们喝很多酒,我想可能跟我的预谋有关。这场预谋不大也不小,不简单也不复杂。具体原因,可能就是,我不能想像林风深夜里爬到何小云的床上,去触摸她那异常敏感的19岁身体,以及这种想像给我的心里和生理带来的微妙变化。

那晚,我把他们都灌醉了。醉得很。怎么形容呢?这里我用的比喻词是"猪"和"泥",即:林风像头猪,何小云像团泥。结果,我把软的像团泥的何小云抱回她房里,我犹豫了。在这里可以告诉大家,我犹豫的内容是:我要不要扒何小云的衣服?

最终犹豫来犹豫去,我还是把何小云的衣服扒光了。

为什么?简单说,扒,是预谋。不扒,我心里和生理又要起变化。所以扒。可就在我扒光何小云衣服的时候,奇异出现了。

是这样的,当何小云那雪一样雪白雪白的身子无瑕地呈现在我眼前的时候,感觉突然"咣"的一下,就从何小云的身体上发出一道奇异的亮光,在我眼前一闪,我的眼睛一下子就看不到了。具体说,是我看不到被脱光衣服的何小云了。我几乎不敢相信。但我又不得不相信。这是什么事实呢?说不清楚。我不得不扔下何小云,逃了。雪在身后纷纷扬扬地下。

其实逃了也就逃了,真的。逃,即意味结束。说说后来。

后来有一天,我突然接到何小云的电话。何小云说你还好吗?我说我还好。我说你呢?何小云说她挺好。何小云还说,他们已经结婚了。他们,我想,是指她和林风。她还说,他们明年将会有自己的孩子。我说挺好就好,最后。

记得在我爱读书的时候,曾看到过这样的一句话,说,如果将自己的指甲剪下来,然后用纸包好,轻轻许下对朋友的愿望,埋到角落里,你就会如愿以偿。说得真好。

在后来的时间里,我打算把我所有的手指甲都给剪秃掉,用纸包好。

对一个夜晚的虚构与纪实

敢情现在的"救人"都是"坏人"的事了。

时间开始了,就回不去了。对于一个夜晚来说同样奏效。

我习惯于在夜晚写东西,但太晚了就不行。太晚了总感觉会发生点儿什么事。但具体会是什么事,我不大清楚。但我总感觉会发生。就像现在,我写着写着,就遇到了一点儿小小的障碍,就是时间马上就要到夜里12点了,我还要不要写下去?我写下去的结果会是怎样?我写下去会不会发生点儿什么事?别看这不是问题的问题,我还真得认真的考虑一下,因为它已经困扰了我。再说,我也从来没有在夜里12点以后写东西的经历和习惯,我孤身一人的,要是真发生点儿什么事我该怎么办?可考虑来考虑去,一直没什么结果。相反,却总觉得这个时间里总有一些潮湿的东西和声音在影响自己,让自己去做点儿别的什么。可我该做点儿什么呢?我就是不知道。我想,我能像有些人那样,逢个一三五,或者二四七,一到这个时候,就猫着腰,踮着脚,出去,然后在一个楼下"喔喔喔"三声,然后再"喔喔喔"三声,然

后就下来一个人,然后两个人就龌龊地黏在一起,此起彼伏……这样行吗?也不能说行也不能说不行。现在都兴这个。要我具体说这些人都是哪些人,这个我还真说不清楚。我的理解是,这样不好,但要比我现在不写东西又没事干好。

现在我决定不写了,开始让自己真正闲着。我看看表,已经是夜里12点15分了。我双手一举,打了一个哈欠,说,鸡巴都夜里12点25分了,我咋还没瞌睡呢?我很纳闷儿。我想我是越来越不爱睡觉了。以前的情况是,一到夜里12点,我都瞌睡得像个马似的。现在,我一点儿瞌睡也没,也没有事可做。我就想打个电话。那给谁打呢?不知道。可就在这时,电话却意外地响了。所以说意外,是因为我的电话很少在这个时候响,或者说根本就没有过。我抓起电话,说,你找谁呀?电话里说,是110吗?你们救救我吧。我没说话。听声音是个女的。我直想骂,就说,妈的逼,你打错啦。但又一想,她是个女的,反正现在闲着也是闲着。我就说,这不是110,但我可以救你。她说,谢谢你呀大哥,我是个小姐,我是被逼的才做小姐的,你救救我吧,我会报答你的。我说,告诉我该怎样去救你?她说,你到杨花路12号思春小区3号楼下,在楼下"喔喔喔"地叫三声,然后再"喔喔喔"地叫三声,我就下去,你就带我走。我一激动,就说,好!

在12点49分的时候,我来到了杨花路12号思春小区的3号楼下,我猫着腰,踮着脚,来到一棵树下,对着楼上"喔喔喔"的叫了三声,然后又"喔喔喔"地叫三声,果然,我看到6楼的一盏灯亮了。我心里就骂,妈的逼,这个时候还敢开灯。我警惕地向四周仔细地瞅了瞅,看有没有电影里演的那些经常看管被拐卖妇女戴着墨镜的黑社会打手。我发现没有。我又对着楼上"喔喔喔"叫了三声,意思是催她快点儿下来,这一点也不知道她理解得怎么样。在12点53分的时候,我终于把她等下来了。我说,你怎么这么慢呀?女的说,我不慢呀,衣服都没穿完呢。我说,那你为什么开灯呀?女的说,我不觉得开灯有什么不好呀?我说,很危险的。女的说,想干这事就得冒点儿险。我说,那你行李呢?女的说,什么行李?我说,你逃跑不带行李呀?女的说,什么逃跑呀?我说,不是你打电话让我来救你吗?女的说,是呀,那你打算把我救到哪里呀?我说,我也不知道。女的说,那你就先把我救到你家里吧。我说,怕不方便吧。女的说,那有什么不方便的,我明天一大早就走。我说,那也好。

  我把那女的领回家后,我对女的说,我还没结婚呢。女的说,你这是什么意思?我说,没什么意思,只是说说。女的说,那你说没结婚是什么意思?我说,我的意思是说我在没结婚前干了一件有意义的事。女的说,什么有意义的事?我说,就是成功解救了你呀。女的笑了。笑得很暧昧。女的说,你最好不要跟别人说今天晚上救我的事。我说,为什么呀?女的说,不为什么。我说,我今晚救了一个人有什么不好说的。女的说,你还不信?我说,我就偏不信。我就立即打电话给我几个哥们,也不管它现在是多少点了。让我意外的是,大家都是一阵笑,说对于我救人的事给予理解,心照不宣。我说你们用错词了,什么叫"给予理解"、"心照不宣"的?他们又是一阵笑。我一点儿办法都没。最后摔电话。最后把那女的撵出我的房间我钻进被窝就睡去了。后来我又想想,还是觉得女人最后给我说的那句话蛮有意思:女人说,我看你是个好人,是个读书人,才不让你说今天晚上的事的。我一阵好笑。

  敢情现在的"救人"都是"坏人"的事了。想来想去还是用这句话结束算了。

想像力问题

她说,那如果是你,你会有怎样的"想像"结尾呢?

我怎么也没想到,我会答应一个女生去写一篇关于小小说想像力问题的小小说。是,它本应属于理论范畴,但,在女生强烈要求下,我必须让它成为一篇小小说。我不知我能不能这样。女生说能,我竟信了。

是这样的,数日前,一个女生让我到小小说网上看她的小小说,抱着勾引文学女青年的想法,我马不停蹄地循着地址就去了,并耐着性子看完了。老实说,小说一般。还有一个我认为比较致命的地方,就是从头到尾,连一个比喻都没有,因此,我觉得她是一个极度缺乏想像力的作者。我跟她说,你的小说缺乏想像力。她说,什么是想像力?我说想像力就是想像的能力。她说,我知道,老师,能打个比方吗?

我说比方是吧,我问你,你觉得现在写作最应该关注的群体是什么?

民工。她说。

我说你现在能不能构思一篇关于民工的小说?

她说,我给你说说前些天我们学校发生的一件关于民工的事吧。

我说好。

故事的女主人公叫巧巧,21岁,艺术系大三学生。男主人公民工某某,姓名不详,年龄不详,某建筑工地工人。故事的高潮是,大学生巧巧在去学校水房打水的路上被民工某某强奸了。故事过程是这样的:

某天晚上,去水房打水的巧巧老是感觉有人跟着她,但一回头什么也不见,反复几回都是这样。巧巧就有点儿怕,水没灌满就跑回了宿舍。巧巧回到宿舍就拍着胸脯说,好险好险。全宿舍的女生都不以为然。有个脸上有疤的女生还从铺上站起来说,我从来没见过色狼,我们太需要色狼了。接着有个腿粗的女生就从上铺探出头来,说,就是就是,如果能抓个色狼来玩玩就好了,我一定满足他。巧巧就说,你们太流氓了吧。结果宿舍的女生异口同声,说,不在自慰中爆发,就在自慰中灭亡,你不流氓有人流氓。

第二天晚上,去水房打水的巧巧还是感觉有人跟着她,但一回头还是什么也不见,反复几回都是这样。巧巧还是怕,水没灌满又跑回了宿舍。巧巧回到宿舍就拍着胸脯说,好险好险。结果巧巧发现宿舍没一个人。巧巧很是奇怪,因为她明明记得自己出来时都在的。

第三天晚上,巧巧叫了隔壁宿舍一个老乡一起去水房打水,结果巧巧还是感觉有人老跟着她,但一回头还是什么也不见,反复几回都是这样。巧巧问老乡说,你感觉有人跟着没?她老乡说,感觉有,可是一回头什么也没见,不会是错觉吧?巧巧说,我这几天老有这感觉。她老乡说,不会是民工吧?巧巧说什么民工?她老乡说,就是正在给我们建新宿舍楼的民工呀,前些天就听说一个女生被民工强奸了,学校封锁了消息,所以很多人不知道。巧巧惊讶地说,真的假的?她老乡说,那还有假。顿时,巧巧的心里就犯咯噔,水没灌满就往回跑,吓得她老乡也在后面跟着跑。到宿舍后巧巧就拍着胸脯说,好险好险。结果巧巧发现宿舍还是没一个人。巧巧越发奇怪,明明自己出来时都在的。

第四天晚上,巧巧的那个老乡也不愿意跟巧巧一块儿打水了,她那老乡说以后她男朋友替她打水了,不用再叫她了。巧巧没办法,只得硬着头皮自己去打水。在去水房打水的路上,巧巧还是感觉有人老跟着她,但

一回头还是什么也不见,反复几回都是这样。巧巧差点儿吓哭了。就在这时,突然从小树林里窜出几个人,把巧巧的热水瓶都吓掉了。但有惊无险的是,蹿出来的不是别人,是她宿舍的几个女生。那个腿粗的女生说,巧巧,我们连续跟踪你三天了,怎么没发现你说的色狼呀?巧巧说,我也不知道,我还以为你们是色狼呢,吓死我了。那个脸上有疤的女生乐了,笑着说,嘿嘿,希望我们是色狼吧,那我们就是色狼,我们就是色狼……说着说着,就去掀巧巧的裙子。巧巧呢,一边捂裙子,一边笑着退着逃。她们在后面追。惹得路两边小树林里正朝女朋友频繁动作的男生也纷纷停止注目。

第五天晚上,去水房打水的巧巧不再感觉有人跟着她。可就是在这天晚上,巧巧被人拖进小树林强奸了。

上述便是女孩讲的关于民工的故事了。

我说,你讲的是个关于民工的故事,可是除了开始你把男主人公的身份冠以民工,但从故事的经过和结尾来看,看不出民工呀,也就是说,强奸巧巧的也不一定是民工呀?她说,学校的人都知道了,都是这样传说的,不过有两种声音认定该强奸犯身份是民工。

我说,哪两种声音?

一种是说巧巧报警了,强奸犯最终绳之以法,认定身份是民工。她说,另一种是说强奸犯无端自首了,据实交代了民工身份。

我说,你愿意相信哪种?

她说,我更愿意相信后者,因为后者含有美好成分呀。

我说怎么讲?

她说,譬如可以说后来巧巧渐渐喜欢上了那个民工,譬如可以说民工原来和巧巧是青梅竹马两小无猜的儿时伙伴,譬如可以说后来民工替巧巧打水,譬如可以说民工挣钱替巧巧完成了学业,譬如还可以说巧巧毕业后他们就走上了婚姻殿堂,譬如还可以说后来巧巧有生命危机而民工为巧巧献出了生命等等,善良美好的东西真是很多。

我说很好,这就是你的想像力,如果拿你任意的一个"譬如"进行结尾,它就是一篇好的小小说作品了,反之,如果没有这些"譬如",如果没有这些想像,那民工强奸大学生的事,强奸也就强奸了,也只能当新闻传说了。

她说，那如果是你，你会有怎样的"想像"结尾呢？

操，老实说，我压根儿没想到这个女生会这样考我，一时竟不知如何应对。我说，你考我呀？她说，就考你，就考你。女孩说得我很兴奋。这是为什么呢？我不知道。三分钟后才明白，原来"考"和"靠"同音。意思是说，我足足为个"靠"字兴奋了三分钟。

最后我说，这有什么难的呢？

一年后，巧巧毕业留校当了老师。也就是说，巧巧可以教书育人了。也就是说，巧巧的话以后会有很多人去听，包括男生，包括女生。有时候男生兴奋，有时候女生兴奋。男生兴奋是因为巧巧还像个学生，有机可乘。女生兴奋是因为巧巧会讲一些新鲜话题。譬如有一天，巧巧在给他们上大课时，就曾对那些鲜艳欲滴的漂亮女生感慨地说："当强奸不可避免时，要适当顺从并注意享受。"

我和马小翠的关系

> 我预感,我和马小翠最终会发展成关系,发展成一男一女的关系。

这些天,我都忙成了傻逼,几乎忘了和马小翠继续发展关系。

我一不和马小翠发展关系,马小翠极有可能会和别的人发展关系。这很可怕。为什么这么说呢?说个事实你就明白了,就是现在,有很多人正在打马小翠的主意。譬如鲁小北,譬如李旺旺,等等。目前呢,我和马小翠还没关系,马小翠是马小翠,我是我。但,没关系,可以发展关系。一旦忘了发展,那就很可怕。事实上,我预感,我和马小翠最终会发展成关系,发展成一男一女的关系。我男,马小翠女,对,就是一男一女的关系,绝不是男女关系。这是有区别的。

先介绍一下马小翠。对了,马小翠叫马小翠,这名字还算不错吧?呵呵。继续介绍马小翠——马小翠,女,1980年6月20日出生,南阳镇平人,大学三年级学生,身高1米68公分,圆脸蛋,长头发,双眼皮,眼睛近视但没戴眼镜。还有就是,她心眼好,曾拿学费帮助过残疾人开餐馆,结果残疾人的餐馆关门了,残疾人也不还她钱了,她交不了学费,学校停过她一段课。还有,她不爱和陌生人说话,和熟识的人话蛮多,胆子也蛮大,她敢一个人到宿舍找我,请我吃饭,然后和我一起走三环的天桥,看车流从我们身体下面交织穿过。还有,她敢和我一起坐公交车时,只投1块钱,或者1块1,就是用一个1块的,里面包个1毛的,投,司机看她,她就笑,结果没有一次不成功。还有,就是她喜欢吃凉皮,有时候吃1块钱一碗的,有时候吃1块5一碗的,辣椒油放的特别多,辣得她鼻子直冒汗。等等。

马小翠就先介绍到这儿吧。再说我与马小翠发展关系的事。

我想与马小翠发展关系,很长一段时间我都这么想了。当然,我这样想的时候,我是有理由的。譬如,马小翠爱写小说,我也爱写小说。譬如,马小翠爱吃米饭,我也爱吃米饭。譬如,马小翠爱听歌,我也爱听歌。譬如,马小翠爱听郑智化的歌,我也爱听郑智化的歌,等等。意思是说,我和马小翠志趣相投,或者说,我和马小翠兴趣相投,都可以。如果用哲学的观点说,就是我和马小翠有发展关系的客观基础,有发展关系的理论渊源。而其他人呢,就弱势点。其他人指鲁小北、李旺旺等。

我决定尽快和马小翠发展关系。

我决定尽快和马小翠发展关系的时候,我特意在宿舍里宣布了一下。我说:"兄弟们,我要和马小翠发展关系了,发展成一男一女的关系,但绝不是男女关系,这是有区别的,请诸位多多支持,多多捧场,谢谢啦。"结果,出乎我意料的是,等我说完,宿舍的人竟没一点儿反应。也就是说,竟没一个支持捧场的。最后,最不爱说话的小个子逯远毛发话说:"老逼老逼,你别搞笑了。"是的,我绰号叫老逼,我姓毕,他们都好连着叫我老逼老逼。我说:"我他妈的是认真的,谁给你搞笑了?"这话一说,宿舍的人一下子就炸窝了,一个个笑得跟带电的似的。我心里狠狠地骂,我想和马小翠发展关系,就那么好笑吗?

在后来的几天我都闷闷不乐。

有次,马小翠碰到我说:"老逼,你怎么啦,这些天看你都闷闷不乐的?"是的,现在马小翠也开始叫我老逼了。我迅速回答,说:"没呀,没有的事,怎么了?"

"没怎么。问问。"

"你呢？你这长时间都干啥呢？"

"我正在构思一篇小说。"

"什么小说呀？"

"题目叫《我和老逼的关系》。"

"哈哈，写我呢！"

"是呀。我想再了解一点儿情况，就是，你给我说说，你搞到女朋友没？"

"没搞到。"

"你咋还没搞到女朋友呢？说说为什么？"

"我怎么知道为什么？如果知道，我早搞到了。"

"也是。"最后马小翠说。

现在该补充一个细节了。

就是，起初我在宿舍宣布我要和马小翠发展关系的时候，只有王小奎那小子默不作声，躺在那一动不动，装睡。显然是有想法。果然，这后来的某一天，让我料到了，出事了。

事情是这样的。这天，王小奎也在宿舍里宣布，说，他也要和马小翠发展关系了。我因为事先没有思想准备，所以很意外。简直不是一般的意外。我慌慌张张地说："王小奎，是我先要和马小翠发展关系的。"王小奎说："先先先，先你个头呀，你们现在有关系吗？有吗？先有个屁用？"我说："是没关系，但，没关系可以发展关系。"王小奎忽然笑了，像一种讽刺。他说："你能发展关系我就不能发展关系了？"我就支支吾吾地说不出话了。宿舍一下子就变得热闹了。最后，又是狗日的最不爱说话的小个子逯远毛说话，他说："你俩到操场上干一架吧。"我一听这话，简直是火冒三丈。我瞅着逯远毛，恶狠狠地骂："我干你妈的逼。"逯远毛被我吓得不轻，没敢吭声，动作飞快地钻进被窝。这又让我很是不得劲。我又骂，说："你他妈有种出来呀，出来咱干一架呀？"

接下来就该说说王小奎与马小翠发展关系的事了。

说实话，王小奎的表现，比我勇敢，比我出色，这我不得不承认。还有一点，王小奎嘴皮好。王小奎可以每天厚着脸皮，跟在马小翠屁股后面，讲笑话。我就不行。除非没人的时候，我还可以给马小翠讲一两个笑话，逗得她小笑一两回。王小奎呢,就比较厉害了,人多的时候他也敢讲。有时候,我看王小奎讲的笑话,愣是把马小翠笑得呀,头一勾一勾的,嘴里"咯咯咯"地不停,像是要下很多蛋似的。

王小奎每天还给马小翠送花。王小奎送的花,我知道,都是从学校后花园偷的。王小奎说:"这叫不入虎穴,不得虎子。"我说:"操,这跟入虎穴得虎子啥关系呀?"王小奎说:"这你就不懂了吧,不入虎穴,不得虎子,就是说明我要和马小翠发展关系,如果不下点儿决心,不身历点儿险境,是不能达到目的的。"我说:"你经常入穴,目的达到了吗?或者说得子了吗?"王小奎说:"时间会说明一切的。"我说:"是吧?还不如你把马小翠让给我,时间会记住你的。"没想到,他妈的,王小奎竟"嗤"了我一下,表示不屑我,就又偷花去了。这时我就想,真他妈的想变成一只大老虎,在王小奎"入穴"的时候把他一口干掉,然后把他变成屎,从屁眼里屙掉。

时间哎哟哎哟地就过去了。

某月后的某天晚上,马小翠再次来到我们宿舍。

为什么说再次呢?是因为马小翠以前来过多次,这是其一。二,以前马小翠每次来都是找我,可这次马小翠来是找王小奎。这让王小奎那小子很是喜出望外。我一百个不得劲。可就是在这样的一个不利于我的关键时刻,事情却发生了伟大转机。注意,这里我用了"伟大"一词。我几乎是感动了。该怎么说出我的感动呢?还是把具体情况说一下先。具体情况是这样的:马小翠来宿舍的主要目的,就是要当着大家的面,澄清她和王小奎关系,也就是说,她和王小奎不会有关系了,也不会发展关系,让王小奎放弃。马小翠这么一来,王小奎这小子就没回旋余地了。马小翠就是马小翠呀。这时,我开始感动了。我甚至开始在眼睛里怀念一只鸟,怀念一只和我性别相同的鸟,在听说我的怀念后,鸟这动物,也几乎掉下泪来。

马小翠最后说:"王小奎,对不起呀。"

王小奎呢,有点尴尬。最后他还是说:"对不起,我打扰你了马小翠。"马小翠对他笑笑,把王小奎当成公交车司机一样。这时,我觉得我该说点儿什么了。我就说了。

我说:"王小奎,你还有什么要跟马小翠说的吗?"

王小奎想了想，说："有。"

我说："有，那就快说呗，宿舍楼10点半要锁门了。"

王小奎说："马小翠，告诉你一下，其实——"王小奎缓了一缓，最后又用手指了指，说，"他也很喜欢你。""他"，就是我。

我又是感动。我压根儿就没想到王小奎会这么说，我真是感动。我又开始在眼睛里怀念那只鸟，怀念那只和我性别相同的鸟。我一度认为，王小奎是个比较操蛋的人物，真没想到，真没想到这些话从他妈的王小奎嘴里说出来后，我竟真是感动了。

时间又哎哟哎哟地就过去了。

那个冬天，我和马小翠的关系一直没有结果。我是我，马小翠是马小翠。马小翠的情况稍微有一点点变化，是这样的：马小翠，女，1980年6月20日出生，南阳镇平人，大学四年级学生，身高1米68，圆脸蛋，长头发，双眼皮，眼睛近视但没戴眼镜。还有就是，她曾拿学费帮助过残疾人开餐馆，结果残疾人的餐馆关门了，也不还她钱了，她交不了学费，学校停过她一段课后，她撒谎向家里又要钱才把学费补上。还有，她敢一个人到男宿舍找人，这人不再是我，他们一起吃饭，还一起走三环的天桥，看车流从他们身体下面交织穿过。还有，她还敢两个人一起坐公交车时，只投1块钱，或者1块1，或者1块2，或者1块5，司机看她，她就笑，结果没有一次不成功的。还有，就是她仍喜欢吃凉皮，有时候吃1块钱一碗的，有时候吃1块5一碗的，辣椒油放的特别多，辣得她鼻子直冒汗，等等。

我的情况是：我毕业后，就到一家广告公司上班了。是的，我毕业了，马小翠升到四年级我就毕业了。我比马小翠高一届。我本来是去了一家杂志社当编辑的，但工作太闲，一周后我又出来了。我觉得还是去广告公司好。我在广告公司干了六个月，我的脾气好多了，每天轻轻地上班，轻轻地下班，没人理我。期间，也有她问我。她，代表女的。她说，你咋还不搞对象呢？我说，"还不搞"是啥意思？她说，"还不搞"就是"该搞了"的意思。我说，哦，是这样呀。我说我不太爱搞对象了。

第二年夏天，事情潜在地起了很大变化，就是：我要结婚了，马小翠要毕业了。这两者在一句话里，但没一点儿关系。

我老婆叫荷花。这篇小说开始没她,结尾也基本没怎么安排她,就不说她了。说说我结婚这天。我结婚这天,日子选得很微妙——正是马小翠毕业这天。也就是说,当马小翠心潮澎湃地举着烫金的毕业证书的时候,我有可能正被亲戚们怂恿着和荷花喝交杯酒,偶尔还亲了荷花一下。荷花和马小翠一样心潮澎湃。前者可能更澎湃一些。最后,我实在忍不住了,就偷偷到厕所里用手机给马小翠打了个电话。对话如下:

"马小翠,是我呀,老逼。"我说。

"哦,老逼呀。"

"是,老逼。"

"老逼,你找我有事吗?"

"没事,就是想给你打个电话。"

"噢。"

"你还好吗?"

"还好。你呢?"

"还行。"

"老逼,你还写小说吗?"

"偶尔。"

"听说你在写《我和马小翠的关系》。"

"是。"

"别写了好吗?"

"为什么?"

"不为什么。"

"不为什么,那为什么?"

"别问了老逼,说说你搞到女朋友没?"

"我搞到了。"

"真的?"

"真的。"

"那个姑娘怎么样?"

"她是一个非常非常好的姑娘。"我说。

晚上,我躺在床上一动不动。我感觉荷花老是用身子拱我。我说:"拱

我干吗?"荷花就扳着我的脸,说:"老逼,你今天怎么了?"是,我让荷花也叫我老逼了。荷花这么一问,我便又想起马小翠了。我觉得这很不合适。于是我搂住荷花,打算把我和马小翠的关系说给她听,但我说的却是:"睡吧,看今天把我们累的。"

第三辑

有滋有味

故事不是假的

> 我心里想，只要让我读书就好，管他什么幻的不幻的。

说真的，到现在为止，我都不知道我到底会不会写小说，或者说是写像小说一样的东西。我没有读过书。确切地说，是我没读过多少书。不是我不想读书。其实我也热爱读书。只是父亲很早的时候就教导我说："书上说的'故事'都是幻的，信不得。"我当时就好奇得不得了。我知道父亲所说的"幻的"就是"假的"意思。但我不信。我就问父亲："幻的有什么不好？"父亲想了想，说："也没什么不好。"于是，这个故事才有写下去的可能。

在我还小的时候，总觉得自己生活得非常幸福。原因是，那时我很聪明。对于一个聪明的孩子来说，在那时候能意识到读书的重要是很了不得的。重要的是，我又是这样的孩子。那时我对父亲说："不让我读书我会死掉。"父亲呵呵地笑，露出一排难看的牙。但父亲还是说："书上说的都是幻的呀。"我说："幻的就幻的。"可我心里想，只要让我读书就好，管他什么幻的不幻的。这个时候，我就觉得我是在利用父亲。可这又有什么办法呢。于是,我就预感在我以后的成长和生活里,会充满无数的不安定因素。譬如我和父亲那不可预期的矛盾。

我们已好多年没有矛盾了。或者说只矛盾过一回。那回情况是这样的,我给父亲讲了三个故事,我说是真的。父亲没说话。过了一会儿,父亲却突然说:"那都是书上的吧?"听完这话,我来不及思考,就生起气来。当时,我们正站在玉米地里。我对玉米没有一点儿感情。我就把锄头狠狠地砸向玉米。我说:"书上的怎么了?"我的声音很大,感觉像那一大块玉米地都在叫。

现在我后悔了。我觉得是我自己出了一点儿小小的问题。因为我讲那三个故事的时候,确实像是在读书。再说,父亲关心的是我,又不是故事。这是至关重要的。我想,要是我以我自己的方式讲述那就好多了。现在回想起来,真是后悔。于是,现在我就很想再花掉几分钟的时间,去讲述这几个故事。我觉得很有必要。

【故事一】1948年5月25日,进攻隆化县城的战斗打响。我所在的6连负责拔除敌人核心阵地隆化中学。面对敌碉堡的凶猛火力,而派去爆破的战友又一个个在中途倒下的情况下,我主动请战。最终在冲锋号吹响的时候,我毅然用身体做支架,左手托起炸药包,右手拉燃了导火索。随着天崩地裂的一声巨响,胜利的红旗插进了隆化中学。我就是董存瑞。

【故事二】1952年10月11日,部队奉命攻占391高地美军前哨阵地。我所在排潜伏在距前沿60多米的蒿草丛中。12日12时美军突然发射侦察燃烧弹,恰巧落在我潜伏点附近草丛,烈火蔓延我全身,燃着了棉衣、头发和皮肉。为不暴露潜伏部队,我双手插进泥土中,强忍剧痛,始终未动,直至牺牲。我的名字叫邱少云。

【故事三】1952年10月14日,上甘岭战役开始。10月19日夜,我所在的二营奉命反击占领597.9高地表面阵地之敌。当攻击部队受阻、伤亡较大时,已任营通讯员的我挺身而出,主动请战,消灭敌人火力点。在战友负伤牺牲、自己所携弹药用光的情况下,我毅然用自己的身躯堵住了敌人枪眼,为冲锋部队的胜利开辟了通路。别人都叫我黄继光。

故事讲完了。都是真实的。

大家心里最明白。是历史,都应该铭记。算是重温吧。

奇怪的是,我讲完后就觉得自己热得很。出奇的热。我也不知道到底是天热还是怎么的,反正热极了。按道理说秋天不该热的,但还是热。我很难受。我心里就骂,热死老子了。还依然是热。最后想想,可能热的是血。

第二年,我就当兵去了。

对于我去当兵,父亲有两种结论:一是说我傻,二是说我书读狗肚子里去了。听完这话,我感到浑身很不舒服。我很烦躁。于是我一次次从椅子上站起。我不想和父亲再说话。我基本丧失了和他说什么的兴趣。我一直来回地走着。我并无逃避的想法。我总觉得我是在想证明一些东西。但又不知道想证明些什么东西。直到我牺牲那天都没能。我觉得自己很奇怪。我怎么也不会料到那天会发生那样的事情。

那天晚上,我和朋友大军在北环路上走着,在经过一个小区的时候,看见一栋楼下围了好多人吵吵嚷嚷。好像发生事情了。我对事情很敏感。我拉着大军就拐进去了。这栋楼叫紫珲阁。在四楼有一女孩开着煤气要自杀。我和大军都挤到了前面。我们力气大。我看见有派出所民警设立的警戒区。就在这时,一男子突然就闯过警戒区朝楼道里跑去。好多人都喊,不能去,危险。民警们也喊。一直的喊。很大声。我想是真的。我犹豫着,直想闯过警戒区。大军拽住我,说,危险。我更犹豫了。当我真的冲进楼道追回那男的,再去撞四楼那个门时,那房间就终于爆炸了。我被炸成重伤。经送医院抢救无效,于当晚11时死亡。

在我一息尚存的时候,我惟一怀念的就是父亲。我想是这样的。

不久,我的事迹就被别人写进了书中。书名叫《短暂的春秋》。

那天晚上,我托梦给父亲。我对父亲说:"爸,我没信你的书上说的都是'幻的'。"说完,我就把书递给了父亲。父亲望着我,满脸泪水,嘴哆哆嗦嗦的说不出话来。但最后父亲还是挤出一句话:"孩呀……故事……是真的!"

1937年的死亡

> 他举起的拳头只是划个弧线，便倒了下去了。

有时候，人不得不服命。这样说是有道理的。你别说不信。

比方说，宋狗二的命就好得很。

之所以就这么下结论地说，是因为淮河村的人都这么说。原因也很简单，譬如大家说，人家宋狗二有个好名字，有了好名字自然就容易走狗屎运了。譬如大家还说，宋狗二上辈子是条狗，一条吃屎狗，死后，就想投胎做人，在投胎之前，阎王爷给他吃了很多狗屎，说一条狗只有吃了狗屎后才能投胎做人，于是，宋狗二在投胎做人前就吃了很多狗屎，结果人家投胎做人后走点儿狗屎运，就是很正常的事了。

这话说得多了，有的人就信了。但是，还有人就是不信。

比方说，村长的老婆春花，她就不信。

信的人就对春花说，不信，你可以到宋狗二身上闻闻去，一身的狗屎味。

春花就真的到宋狗二身上闻了闻，说，你别说，还真有一股狗屎味。

村长老婆春花就信了。

你想想,他宋狗二在淮河村还没混两年,便捞个民兵连长当当,连村长老婆春花都信他命好,你说他命好不好?不服不行。

宋狗二当上民兵连长后,也不知从哪弄来个大盖帽,成天扣在头上,趾高气扬的,一副全副武装的样子,谁见他都得跟他微笑,打招呼。也不是说你见他不微笑不打招呼,他就把你怎么地怎么地。只是,你若偶尔不留神没跟他微笑没跟他打招呼,在你走的老远后,他会不时地回头看看你,那眼神,像是要把你记住似的。搞得后来,村里的人都有点儿怕他。

宋狗二当上民兵连长后,整天也无所事事。他成天拿着个小本本在村子里转悠,净做一些令村里人感到讨厌和无聊的事。后来这样的事竟愈演愈烈。比方说,他要登记和清点各家的猪狗牛羊,到哪家后,都要撮上一顿,也不责怪人家饭的好坏。饭后,还说,日他娘的逼,有我在,别说你家的鸡,就是你家的鸡少一根毛尽管找我,好吧?被管饭的人,一边"那是那是",一边心里暗骂他是"狗气冲天"。

长此以往,村里人意见大极了,可就是没见人提。

你想想,人家村长老婆春花都没提,你平头老百姓提啥?

可村里的孩子可不吃这一套,他们不怕宋狗二。他们只要一见到宋狗二,他们就唱,说:宋狗儿,人真好,保护村里的鸡和毛;不吃烟,不喝酒,撮上一顿他就走。他们反复地唱,边跑边唱。宋狗二一碰到就撵他们。他们就跑,泥鳅一样的快。只有村长的儿子石头敢不跑,每次都是。宋狗二说,你咋不跑呢?石头说,我为啥要跑,敢动我一指头就跟我娘说。宋狗二就不说话了。宋狗二就对准那群跑了老远的孩子骂,说,我日你娘的逼,我日你娘的骚逼,跑什么呢跑?

宋狗二最怕村长的老婆春花。有一次,宋狗二跟村长的儿子石头说,你怎么长得像我儿子。没想到的是,石头回去竟给他娘说了。晚上,村长老婆春花就扯着石头来问宋狗二,说,你民兵连长还想不想当了?宋狗二就"扑通"一声给春花跪了下来。

春花说,你就给我跪一夜。

那一夜,就只有村长老婆春花和宋狗二在一起。

1937年的某一天,一个月朗星稀的夜晚,日本鬼子为逮一个掌握重要情报的地下党,包围了淮河村。而此时,淮河村正处于酣睡中,简直是神不知鬼不觉的。

　　一个时辰后,宋狗二和全村的男女老少便被集中到村子里的道场上。

　　这时候,就有一个汉奸出来训话说,乡亲们,皇军对大家没有敌意的,请大家不要害怕,只要乡亲们配合,皇军是不会伤害大家的,要是提供线索或通报情况的,皇军大大的有赏。说完,汉奸就对皇军的头目耳语说,没有村长,只有他的老婆和儿子。皇军点了点头。

　　汉奸又说,皇军说了,不难为大家,只要村长出来就行了,不过,我们没发现村长。

　　乡亲们就四下里看了看,真的没发现村长。

　　汉奸又接着说,皇军说了,既然村长都不见了,那皇军就对不起大家了。说完,汉奸就一把扯出了村长的儿子石头。汉奸用一把漆黑漆黑的盒子枪顶住石头的脑门,说,谁是他爹,快出来,我数三下,不出来,我就一枪打爆他的脑袋壳！随后,汉奸就开始数数了。

　　三。三。汉奸数了两遍。

　　二。二。汉奸又数了两遍,并说,谁是他爹？我再问一遍！

　　全场寂静。没有一丁点儿声音。

　　乡亲们的心都提到嗓子眼上了。

　　最后,就在汉奸要喊出"一"的同时,宋狗二大喊着"我是",就从人群中走了出来。

　　汉奸说,你是他爹？

　　宋狗二没有说话。

　　宋狗二看着汉奸,眼神直直的,很熟悉,像平时大家一不留神没跟他微笑没跟他打招呼时的那样,像也是要记住人家似的。

　　汉奸又说,你是他爹？

　　宋狗二笑笑,就突然冲向前,大骂着,说,我日你娘的逼,汉奸,我日你娘的骚逼,汉奸！

　　与此同时,枪响了,几把刀也穿过了宋狗二的胸膛。

宋狗二的眼睛圆瞪着,血泪泪地往外翻涌,他举起的拳头只是划个弧线,便倒了下去了。他重重的身体砸在地上,冒起一股好高的灰烟。但同时我也看到,倒在地上的宋狗二,头上依然紧紧地扣着他那顶大盖帽,上面一颗血红血红的五星,闪着耀眼的光。

春花冲了出来,扑倒在宋狗二的身上,胡乱地哭叫着。

身后是枪声一片。

关 于 那 天

> 我现在越来越害怕别人问起我那天干什么了,因为那天我什么都没干。

我最害怕别人问起我那天干什么了,因为那天我什么都没干。我并不是说那天在我眼里不重要,相反我觉得挺重要的,还有点儿里程碑的意义。史书上总喜欢用里程碑之类的词形容这种重要的天。你想想,本来完全有机会可以成为名人或英雄的一天,在一个人的生命历程中是多么重要的一天。现在想来,我真是后悔那天什么也没干。

那天的事,是个令人毛骨悚然的结果。这是确实的事情。在淮河村的古船街上,从老人到小孩儿,都知道了这个结果。可是,事先我做梦都没想到,会发生这种事。我并不是那种特自私的人。我也只是想多挣点儿钱。好多人和我一样。好多人和我又不一样。我只关心我的生活。包括食物和女人。后来我才发现有些简单。我就后悔了。

那天发生在好几年前的冬天。好像是。记得有淡淡的阳光。十几年都一样。我不太喜欢这样的日子。我喜欢的是能当一个地主,有大片大片的土地,能躺在地头

上打盹。当然最好也有成群结队的丫鬟。都16岁。当丫鬟们悄无声息地从我身边走过时,于是我就在心里承认,我是幸福的。此外,我当然也有可能是个贫穷的人。就像现在。譬如,在淮河村,在古船街,我四下游荡,却寻找不到一个姑娘愿做我的丫鬟,不管她是不是16岁。本来我是应该感到十分失望的,但就在这个时候,我听到了一种很奇怪的声音。潮湿而且尖锐。激动着我的耳朵。

雷老虎落水了。在古船街的埠口。

雷老虎开着他那辆乌龟壳子状的小车一猛子就扎下去了。

最后浮出水面的除了雷老虎那颗肥大而毛发稀少的头外,还有就是那声尖叫了。

太不可思议了。我觉得。

雷老虎在水中大喊着,说:"各位乡亲,我是雷老虎呀,大家应该都认识我的。你们快救救我,我不会凫水的。我是不小心才掉进来的,你们快救救我吧。谁救了我,我会感谢他的。我还会记住他的。凡是救了我的,我可以给他钱的。"

一听到钱,好多人眼里都冒出了难得的光。包括我。

我们对钱都有一种与生俱来的热爱。

这个时候,埠口岸上已经是很多人了。基本分成两排。前排除了我之外,大概还有钱一、胡二、赵三、马四、刘五、李六、陈七、王八、罗九、蒋十和薛十一。我之所以把他们都罗列出来,是因为他们都和雷老虎对了话。其实我也想说,可最后我一句话也没说。但并不代表我没话可说。我是顾不得说。我对事情的结果太感兴趣了。我对围观也太感兴趣了。至于后排那些纯属围观的老人和孩子,我就觉得不值一提了。

钱一说:"雷老虎,你说的算不算话呀?"

雷老虎说:"我说的咋不算话了?你们开个价吧。"

胡二说:"给1000块钱我们就下去救你。"

赵三说:"对,至少得给1000块钱。这么冷的天。"

雷老虎说:"你们宰人啊?我一个月也挣不到1000块钱呀。再说,我现在也没那么多钱呀。"

马四:"那不管,必须得1000块钱。这也不是我们天天都能碰到的事。"

雷老虎说:"各位。各位大哥。亲哥。你们看能不能少点儿?"

刘五说:"不行。你再黏糊我们又要涨价了。"

李六说:"对,涨价。再等会儿,你必须得出两千块我们才下去。这么冷的天。"

陈七说:"就是要你掏2000块,对你们这些老板来说,也不算个啥呀?"

王八说:"就是。不掏2000块,我们就不下去。"

雷老虎说:"我确实有困难呀。要不,请大家给我一个面子,能不能把我先救上去再说?"

罗九:"废话。你再不给个准话,我们可都走了。"

雷老虎大骂,说:"你们都给我滚吧。滚得远远的。不信老子能淹死。"

蒋十说:"没见过这么抠门的人。"

薛十一:"淹死活该。这么冷的天。淹死真是活该。"

事情的结果是可以预料的,雷老虎最终沉入水中。雷老虎沉入水底的时候,水面上只是简单地晃起了一层涟漪,像个标点符号。确切一点儿,应该像个句号。也就是说,雷老虎就这样被淹死掉了。没有一点儿价值。真是活该。

我就思考了:我喜欢当一个地主,有大片大片的土地,还有16岁的丫鬟。可是我当得了吗?有得了吗?不可能的事。我想,我这也只是想想而已。我又不是傻子。就是傻子,也不可能会想在一个没有地主的年代想着去当一个地主。这是很荒谬的。没有一点儿事实根据。事实上的事情,只是雷老虎于这天落水。你想想,这天是多么重要。之所以这么说,意思很简单,也就是说我已经失去了这重要的一天。我后悔不已。我觉得我应该救他。我觉得我应该不计得失地去救他。想到这,我就觉得自己再也说不出话来。

我现在越来越害怕别人问起我那天干什么了,因为那天我什么都没干。如果说干了的话,那就是最后我把死了的雷老虎给背了上来。我还在雷老虎的身上掏出了整整2000块钱。在场的人都嘘叹不已。我没理他们。我又把那钱放回了雷老虎身上。我想那钱谁也不敢动。换了你也一样。

尾巴的媳妇叫春花

> 不知怎么搞的，突然间，我就觉得我非常想念春花。

尾巴的媳妇叫春花。春天的春，棉花的花。我为什么这么说呢？原因简单，是因为刚开始认识的缘故。那年春天，是个牛逼烘烘的春天，在我刚经过一块棉花地时，远远的我就看到了尾巴的媳妇春花。那时候我还不知道她是尾巴的媳妇春花。那时候我刚赶集回来，看见了尾巴的媳妇，我就从自行车上跳了下来。我看到尾巴媳妇蹲在棉花地里，屁股撅得老高，正对着路上，白花花的一片，像一群左顾右盼，随时可能逃跑的兔子。但具体逃哪儿去呢？也不知道。那时正是晌午的时候，太阳热到了高潮，人很少。我想，这女人干啥呢？这女人不会偷棉花吧？想着想着，我还没把车子扎稳当，就钻进了棉花地。

在棉花地里，我什么都看清楚了。

我什么都看清楚了的时候，我就觉得没意思了。

我凑得很近，我说，喂喂，你干啥呢？我的话刚落音，春花就腾地一下提起裤子，站了起来，像被我用什么东西烫了一下。瞬即，那一群兔子也不见了，无影无踪，像真的逃跑了似的。我说，喂喂，你是谁呀？被"烫"后的春花看了看我，说，我叫春花，我男人叫尾巴，他的脸上长了一块疤，是让陈七块拿刀给割的，是因为尾巴赌博欠了陈七块的钱，到期了没还，结果陈七块就派人把他的脸给割了，结果尾巴一恼，非要去割陈七块的头，我拦都拦不住……我说，操，我又没问你这些，说恁多干啥？春花说，我还以为你是那谁谁谁呢？我说我根本不认识那谁谁谁。春花说，既然你不认识也不爱听，就当什么也没听说。说完，春花就转身走人，一步一步，又一步一步，那群兔子也被带走了。

我也只好走了。离开棉花地。

在我就要走的时候，我好像突然想起什么似的，就扭头，又朝春花刚蹲过的地方瞅了瞅，瞅了又瞅。我是希望能发现点儿什么。结果我发现，除了一小片湿湿的，什么也没有，这让我很失望。我就推自行车走人。一路上，有小风，凉凉的，爽爽的。我心想，起风了，起风了好哇。我又抬头，望望天。天上有几朵小云，黑黑的，像烧糊的鸡翅膀。我心想，妈的逼，不会下雨吧？刚想完，我就听到"哐"的一声，我想是雷吧？紧接着，又"哐"的一声，妈的逼，真是雷。跟在雷后面，就是雨了。雨很大，跟泼的一样，一会儿我全身湿的呀，跟牛逼一样。这个时候我就想，棉花地里的那一小片湿，肯定谁也看不出来了。

第二天我醒来的时候，又是太阳高潮的时候。

我就纳闷儿，一个牛逼烘烘的春天，太阳咋老是高潮呢？

我就起床。起床后还是不想动。太热。我呼吸困难，头也疼得厉害。我想我是病了。结果到医生那一看，我还真是病了。医生说，你感冒了。我说严重吗？医生说，不严重。我说，不严重就好，我还要去找春花呢。医生说，春花是谁？我说春花是尾巴的媳妇。医生说，你找人家的媳妇干啥？我说，尾巴赌博欠了人家陈七块的钱，到期了还没还，结果人家陈七块就派人把他的脸给割了，结果尾巴一恼，要割人家陈七块的头，我得去阻止他，割人家的头，要枪毙的。医生说那你得赶紧去。我说，是的，医生，谢谢你，我这就找春花去，再见。

我该上哪儿去找春花呢？

不知怎么搞的，突然间，我就觉得我非常想念春花。

这一年的冬天,雪落纷纷,我终于又在那块棉花地旁的路上等到了春花。

春花还是原来的模样。

春花说,你一直在等我吗?我说一直。春花说,你等我干啥呢?我说不等你我也没啥事干。春花说,我还以为你是那谁谁谁呢?我说我不认识那谁谁谁。春花说,那谁谁谁意思是说我们好像在哪儿见过。我说,在棉花地里。春花说,你知道我叫春花?我说,知道,春天的春,棉花的花,我还知道你是尾巴的媳妇。春花说,你要是尾巴就好了。我说,尾巴要割陈七块的头,割了没?春花说,没割成,被人家陈七块给逮住了。我说,割人家的头,会被枪毙的。春花说,是呀,可尾巴非要去,结果就被人家陈七块给逮住了。我说结果呢?春花说,结果尾巴被陈七块关在地窖里,不给吃,不给喝,硬是关了七天七夜,尾巴把地窖里的老鼠都吃完了,结果还是给饿死了。我说,饿死了怎么办?春花说,能怎么办,谁让他去割人家的头哩,谁让我是他媳妇哩,这不,我去给他收尸呢。我说这冬天,埋人都困难。春花说,是呀,你帮我一起去埋人吧。我说好。

我和春花就往陈七块家去。

我和春花刚走到陈七块的院门口,就发现陈七块的大院起火了。

那火,真叫大。

我就对春花说,这冬天,埋人都困难,咋还能起恁大的火呢?

春花没说话。

突然,春花又说,你说这火会不会是尾巴放的?

我说,尾巴不是死了吗?

春花说,那不一定,说不准还有一口气呢?

春花说着,跑着。接着,就扑进了大院。

感谢我爹

> 我一开始就觉得老良是个好人。

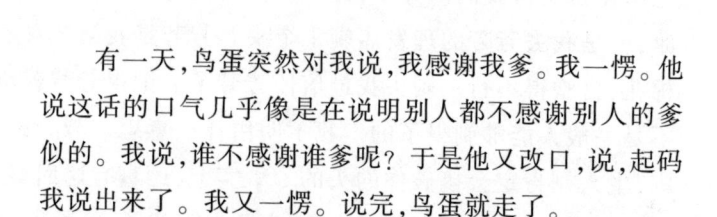

有一天,鸟蛋突然对我说,我感谢我爹。我一愣。他说这话的口气几乎像是在说明别人都不感谢别人的爹似的。我说,谁不感谢谁爹呢?于是他又改口,说,起码我说出来了。我又一愣。说完,鸟蛋就走了。

是呀,我们都感谢我们的爹,可有几个会说出来呢?很多人不会,譬如我,也就是说,13岁的鸟蛋有时会触动我们内心的一些东西。为此,我为认识鸟蛋感到牛逼。

鸟蛋其实不是我们村的孩子。他爹是的。他爹不是他亲爹,叫老良。为什么这么说呢,因为老良从来就没有娶过女人。当时,对于一个没有娶到女人的男人,突然带回来个13岁的孩子,村里人一下子就有了谈资,议论纷纷,大致有三种声音:一、老良在外面养了女人,也就是鸟蛋他妈;二、老良从人贩子那买了鸟蛋续香火;三、老良收养了鸟蛋这个孤儿。这三种声音,我更趋向于后者,我相信老良原本是善良的。

后来的事实在是大大出乎了我的意料,即,小村发

生了强奸案件。强奸者,老良;而被强奸者,恰恰是跟我有一腿的姑娘棉花。注意,是姑娘棉花。意思是说,之前棉花是黄花闺女,我说的跟她有一腿,也止于和她肉碰肉的关系。

再解释一下肉碰肉的关系。两种可能,一、做过爱;二、牵过手。我们属于后者。现在想想,觉得那时的爱情,牵手的乐趣就等于做爱。

我问鸟蛋,你爹为什么要强奸棉花。鸟蛋说,可能我爹喜欢棉花呗。我说,你爹都可当棉花他爹了,怎么可能呢?鸟蛋说,那我也不知道。我说你不知道你也不能瞎说呀。鸟蛋说,你问我,我不说,不尊重你呀。我说算了算了,也不关你事。鸟蛋说,怎么不关我事,那是我爹,我会调查清楚,给你一个交代的。

我和棉花属于自然分手的,像自然死亡一样。没什么大不了的。舆论明显是支持我的。分手仪式我是在自己内心深处举行的。至于行动嘛,就是我去芳芳的理发店剃了个头。芳芳是我第二喜欢的姑娘,除了棉花,喜欢得不行。剃头我最信任芳芳了。记得芳芳曾给我说,你的头不是一般人能够剃得了的。我不明白什么意思。芳芳说,你的头不规则,生人剃肯定会搞破你的头的。事实上,还真有这回事,去年过年,我在舅舅家,在他们村剃了一次头,头还真搞破了,赔了我50块钱。从此,剃头成了我的大事之一。

剃完头,天已经擦黑。我和芳芳无话可说。最后我说,芳芳,咱们出去走走吧?芳芳答应了。在路上,我们还是无话可说。我们就在一条小路上就那样来回走着。我又从侧面欣赏了她一下,还是喜欢得不行。这个时候,远远望去,我们两个影子已经很像一对情侣了,想到这儿,我就十分感动。

第二天,芳芳到我家找我。我不在。我回去的时候,她正坐在我家门口的一个石墩子上,头勾着一点一点的,瞌睡。我"啊"的一声,吓得她一惊,脸都红了。我说你找我?嗯,芳芳说,昨天忘了给我说一件事。我说什么事呀?芳芳说,鸟蛋找过我,跟我说他妈的事。我说他妈怎么了,从没听他提起过呀。芳芳说,他妈坐牢去了。我说,来龙去脉知道吗?芳芳点头。

是这样的,鸟蛋的妈嫁了个禽兽不如的男人。具体禽兽到什么程度,很难一句话两句话说清。举个例子,就是这个男人竟对自己的亲生女儿、鸟蛋的姐姐下手了。结果是,终于有一天鸟蛋的妈忍无可忍就和那个男人动起手来。当时,老良正在一个工地上干活,远远看见,举着一把瓦刀就跑来了,后面是一群提着瓦刀的民工跑动着……结果很简单,那个男人就被打死了。警察来了。众人中的老良举起了瓦刀。鸟蛋的妈一把抢过瓦刀,说,刀是我抢的,人是我杀的!鸟蛋的妈就被警车呼啸着带走了。

芳芳的表达很清楚。我说,我一开始就觉得老良是个好人。

是的。

可是他为什么会强奸棉花呢?

芳芳说,可能有误会吧。

我说你怎么会这么想?

芳芳就不说话了。

一段时间以来,鸟蛋一直找我,催促我赶快娶了棉花。我说,这事你掺和什么,事你又不是不知道?鸟蛋说,事情我调查得已经有了眉目了,我爹和棉花都是清白的。我说,凭什么这么说?鸟蛋说,都是芳芳他爹干的。我一下子火了,我说你说什么呀鸟蛋,这事能乱说吗?鸟蛋说,我没乱说,都是他爹亲自承认的,是为了不让你娶棉花。对了,这里需要补充说明一下,芳芳他爹是我们村长。

我说,鸟蛋,你把这事给说清楚了。

鸟蛋说,很简单,我爹要给我上户口,村长有意让你和芳芳好,就让我爹想办法败了棉花的名声。我爹笨,又想不出其他办法,就……说完,鸟蛋已是泣不成声。

后来这话在我又一次剃头,在芳芳的口中得到了证实。

在一个下雨夜晚,我淋着雨去找棉花。棉花不开门。我就在雨中等。在等的过程中我就想,如果棉花开门了,我该怎么说呢?我要不要给她说,鸟蛋走了,鸟蛋说他最感谢的就是他爹,而他爹最对不起的就是棉花;我要不要给她说,鸟蛋走了,鸟蛋要去找她那15岁的姐姐……

出 走 淮 河

> 王石头第一眼望见那条河,就哭了。

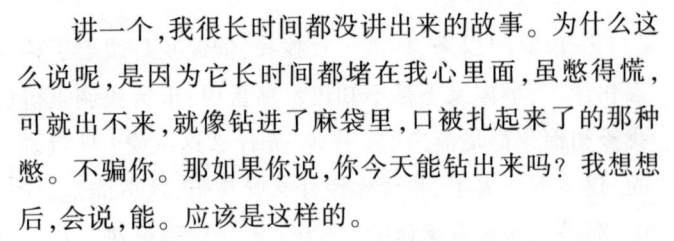

讲一个,我很长时间都没讲出来的故事。为什么这么说呢,是因为它长时间都堵在我心里面,虽憋得慌,可就出不来,就像钻进了麻袋里,口被扎起来了的那种憋。不骗你。那如果你说,你今天能钻出来吗?我想想后,会说,能。应该是这样的。

故事开始是这样的:王石头第一眼望见那条河,就哭了。那条河就是淮河。

王石头是故事的主人公之一。关于王石头望见淮河为什么哭,有一个传说,神乎其神的,我不知道是真是假,也不知道你听说过没?我觉得怪有意思的,说说你就知道了。

传说,王石头出生那年,淮河涨了很大的水。那水,滚滚的,急急的,像个大嘴巴,把整个村子都深深地咬下。王石头一家呢,就蹲在房顶上。一蹲,就足足蹲了五天五夜。当时,王石头已经不是液体了,意思是说,他娘正大肚子,怀着他。结果,到第六天晚上的时候,王石头他娘就把王石头给生了下来,在房顶上。结果,也还是在第六天晚上的时候,那很大的水,滚滚的,急急的,就不可挡了。情急之下,王石头的爹,王石头的娘,就都脱光了衣裳。他们用衣裳结成了一条绳子。他们自己捆在绳子的两头,顺着水,分开着,流。最终,他们拦住了一棵树。王石头的爹就拼命的把王石头往树杈上举。结果,王石头给放在了树杈上,可王石头的爹,王石头的娘,却没能爬上。所以说,王石头第一眼望见那条河,就哭了,干巴巴的,没一点儿主题。

王石头说,如今,都五十七年过去了,这河咋还是涨水呢?意思是说,王石头都57岁了,淮河还是好涨水。

于是,王石头就很忧闷,但一点儿办法都没。

王石头就对岸子说,你也出去打工吧,别成天窝在家里,行不?

岸子不说话。也不理王石头。

要说,岸子不理王石头,也不是一天两天的事了。岸子有苦衷。你想想,岸子作为王石头的儿子,都23岁了,大龄青年了,还没娶上媳妇,更准确地说,媳妇还没一点儿着落,你说这算不算苦衷呢?这只有岸子自己清楚。王石头说,归根结底,还是咱家穷呀。岸子就说,归根结底,不是咱家穷,是太穷!

我觉得也是。怎么形容呢,简单地说,就是王石头家长年累月地吃不上一顿肉。岸子就说,没女人,也吃不上肉,这日子过得真没意思。王石头就说,要不,你跟你姐夫去学杀猪,天天有肉吃。岸子说,没女人,光杀猪有肉吃,屌用。王石头就说,你一杀猪,有肉吃,不就有女人找你了吗?岸子说,这不是一码事。王石头说,咋不一码事,你姐不是冲你姐夫会杀猪有肉吃嫁过去的吗?岸子突然就说,对了,我找我姐借点钱做路费,你说她借不借?王石头说,咋不借了,她是外人吗?她是你姐!

岸子就过了河。到了县城。借了钱。去了南方。

都是这一天的事。

岸子怎么也没料到他姐会这么顺利就借给他100块钱。为什么这么说呢?因为岸子找他姐借过钱,还是因为娶媳妇的事。可都没借成。他姐也不说借也不说不借,就说现在没钱。岸子一急,就说,你再不借我,你就不是我姐。他姐就说,岸子,我要是有钱,不借你,我就不是你姐。岸子一听这话,就扭头走人。岸子认定,他姐是有钱不想借他。岸子心想,杀了这

么多年猪,会没钱?打死也不信。岸子就生她姐的气,以至于王石头几次让他去跟他姐夫去学杀猪,他都没去。

在南方,岸子度过了1999年、2000年和2001年。

在2002年冬天的时候,岸子打电话给王石头说,今年我要回家过春节了。

王石头就高兴。

这天,王石头一大早就过了河,到了县城岸子的姐家。王石头对岸子的姐说,今年过年岸子回来呢!岸子的姐说,知道了,岸子也给我打电话了,还说挣了7000块钱呢。王石头就笑。岸子的姐接着说,爹,今年都到我这儿过年吧,咱一家子好好团圆团圆。王石头仍笑,说,好嘞!

岸子是在腊八节这天回来的。日历上说,这天是释迦如来成道日。岸子想,早早回来,年底能把房子盖起来。

岸子先回到县城,天都擦黑了。岸子就到了他姐家。

岸子在他姐家睡了一夜。就是这一夜,岸子再没能有机会醒来。

很显然,岸子被他姐和他姐夫杀了。

这个时候,你要是问,岸子的姐为什么要杀岸子?岸子的姐有没有理由要杀岸子?岸子的姐不杀岸子行吗?我就会被你这些问题难住。真的。其实,这个时候,让岸子死了,让岸子的姐杀死岸子,让一个亲姐姐杀死亲弟弟,我心里也堵得慌。可如果不这样,这个故事就没讲下去的必要了。

还是接着说吧。要说,岸子的姐为什么杀死岸子,道理也很简单,还很有可能跟你猜想的一模一样——就是,因为岸子的那7000块钱。情况是这样的,岸子回来的那天晚上,岸子就给了他姐1000块钱。岸子说,剩下的6000块钱我留着盖房子。夜里的时候,岸子的姐和她杀猪的男人嘀咕了一夜。最终,她和她杀猪的男人,杀猪一样,把岸子杀了。

再接着说王石头。

等到大年三十这天,王石头实在等不及了,就到了岸子他姐家。王石头说,都三十了,岸子咋还没回来呢?岸子的姐就说,说不定待会儿就会来了。岸子的姐又接着说,爹,上午还有半拉集,我待会儿还去赶集,你上午把鸡杀一下。

王石头就杀鸡去了。

就在王石头蹲在地上,一手拿刀并捏住鸡脖子,一手往鸡脖子上衔毛的时候,王石头的外甥女,也就是岸子他姐的女儿,妞妞跑了过来,好奇地蹲在地上。王石头说,妞妞,跑远点儿,姥爷要杀鸡了,会冒血的。说着,王石头还拿刀在妞妞面前晃了晃。没想到的是,妞妞却说,姥爷,我不怕,妈妈杀舅舅的时候也冒了好多血……

这时,王石头捏着的一把刀就掉在了地上。

紧接着,那鸡也咯哒咯哒地惊叫着,逃了,被吓得不轻的样子。

日子树上的黄丝巾

> 当一棵挂满了无数条黄丝巾的龙眼树突然出现在我们眼前的时候,满车的人几乎都欢呼起来。

孙禾青春期小说

时间有时候真是恍惚又突然。当我听到王详杀人的消息后,我感觉有些震惊,有些茫然,竟一时间说不出话来。更可怕的是,脑海中竟想不出王详的样子来。

我还是不愿相信。王详怎么会杀人呢?王详没有理由去杀人。王详和他父亲一样,是个木讷本分的老实人。一个老实巴交农民的儿子,欲望不会太高,虽渴望美好但更安于现状。我对这个消息的真实性还是报以怀疑的态度。我后来又打电话问了发小,确认,王详是真的杀人了。他没有必要骗我,他也很难过。有时,我还是愿意相信自己的耳朵出了一点小小的问题。

现在,我能想起的都是王详小时候的样子。王详可能是村子里最老实的孩子了。王详有一双很大的布鞋,我记得很清楚。那双布鞋王详几乎不穿,整天提着。那双布鞋太大。王详说,他不嫌大,自己的脚长得快。我很不理解。有时,我几乎从那双没有生机还有些味道的脚板里,闻到了从出生到死亡的气息来。

我现在考虑的是,王详出事了,他刚结婚的妻子雪花怎么过?

我知道王详也会跟我一样这样想过。我很难想象雪花现在的样子。她埋怨吗？她后悔吗？我不知道。我想不管怎样，她的日子会因此而出现一段空白。抹布一样的白。就像她屋顶的烟囱里那抹再多的雨都淋不湿的烟。每个人扶摇直上的日子还要过。

后来谁再提起王详杀人这件事时，我很平静。我就说，明天和意外哪个先来，谁能知道？我知道这样说也是徒劳的，因为人已经死了。但我还是想说，王详是个老实巴交的人，和杀人犯有着十万八千里的区别。说完，直感觉到我的头顶有几只乌鸦呱呱呱地飞过，给我的心里留下一些黑色的影子。提起这些乌鸦，我又想起了一句谚语：乌鸦可以闻到死亡的气息。于是，我坚信在当时，王详的头顶一定有乌鸦飞过。

那天晚上，夜黑如乌鸦，王详出来小解，发现自家二楼窗户后的那棵荔枝树上猫着一团黑影，蟋蟋邃邃的，像个人。天太黑，王详看不出那人是谁来。王详就壮着胆说："谁呀？快下来。"那人猫着一动不动。王详再说："我看到你了，再不下来我就上去了。"那人还是一动不动。王详揉揉眼，又仔细瞅瞅，发现那又不怎么像个人。王详就朝屋里回。刚走几步，王详觉得还是不对劲。就折回去抱着树使劲摇了几下。这一摇不打紧，就扑通一下掉下一人来。那人就摔死了。

显然说王详就这样杀人了，有点不可思议。

但是人死了，王详始终是要负刑事责任的。虽然至今不知道那个人到底是要偷盗还是偷窥。

最终王详因过失杀人，被判了五年的有期徒刑。

牢狱之灾于我们，都是害怕的。对于老实巴交的王详更是如此。我在想，那些王详原本习惯了的日子怎么恍惚间就突然丢失了呢？我想把王详置于一个空荡荡的荒山野岭上，让王详遇见一些书中的神仙道人，让他们授他以秘，使王详得以超然，使王详很轻易地就能救活他杀死的那个人。或者，让王详恳求神仙道人，令时光逆转，王详不去摇那棵树，王详回去了也就回去了。这样，王详那些丢失的日子就可以获救。当然，如果可能的话。我愿意这样去写。我说的只是如果。

时间有时候在彼此温暖着，就会过的快些。在很早我就听过一首美国歌曲，名字就叫《老橡树上的黄丝巾》，故事的背景是一位刚从监狱出来的男子，释放前曾写信给妻子：如果她已另有归宿，他也不责怪她；如

果她还爱着他,愿意他回去,就在镇口的老橡树上系一条黄丝带;如果没有黄丝带,他就会随车而去,永远不会去打扰她。

我之所以想重新叙述这个故事,是我实在不知道该如何安慰狱中的王详。现实的日子最考验人。可我怎么都不愿想起王详在监狱里沮丧的样子,我应该鼓励他。我的记忆里只有拎着大鞋跟在我身后不停奔跑的王详,一串串漫长的脚印锈在了小时候。

王详在监狱里不断的自责和忏悔。王详虽然觉得五年的时光好漫长,但在我和外人眼里,还是一晃,就过去了。

王详知道自己的父母在这期间已经不在了,但他不知道他那当时刚结婚的妻子雪花是否还会接纳他?接纳一个过失杀人的杀人犯?接纳一个将来孩子的政审报表里有人生污点的父亲?王详不敢多想了,老实巴交的他常常以泪洗面。于是王详在临出狱前,鼓起勇气也给妻子写了一封信,告诉她,如果她肯原谅自己的话,就在家门口的那棵龙眼树上系上一条黄丝巾,如果看不到黄丝巾,他也就不下车了。

在回家的大巴车上,别人都欢声笑语,高谈阔论,唯独王详愁眉紧锁。我对王详说,日子在树上,硕果累累近在眼前。是的,我带着儿子去接的王详。

我对我的孩子也深情描述过叔叔和黄丝巾的故事。我还对我的孩子说,在这个世界上,我们要善待每一个人,我们谁都不知道谁在重复着谁的人生。

顺理成章,为营造氛围,我的孩子把王详的故事告诉了大巴车上的每一个人,于是车上的人都急切地想知道故事的结局,并深深为王详担忧。尽管谁都没说出。

就在车子离村子越来越近的时候,王详几乎不敢抬头看。而此刻车上的每一个人都在留意路边的树。如果树上没有黄丝巾,将意味着他无家可归。他将随这趟车继续前行,载他去他也不知道的远方。

村子终于到了。

车上的热心人一下子沉静了下来。当一棵挂满了无数条黄丝巾的龙眼树突然出现在我们眼前的时候,满车的人几乎都欢呼起来。我也是。我还祝福王详。祝福故事结尾跟想象中一样的王详。满眼泪水的王详说不出的感激,好像永远不再介意我未向他提及的雪花的不知去向。

第四辑

青春期

勾引周巧巧版本一

> 我去推周巧巧的门,我竟一推就开了。门没插。

说说我要勾引的女人周巧巧吧。

周巧巧是以前我们班的文娱委员。应该说,周巧巧还算是个女孩,毕竟她还没结婚。但对于没结婚的女孩,又被人家频繁搞过,我还是习惯叫她女人。

譬如,以前我们班的劳动委员刘花花,明明她被教我们《艺术概论》的一个歇顶的老头频繁地搞过,她还当我们不知道,她还当他们做的神不知鬼不觉,自己舒服了,还把别人蒙在鼓里了,还处处显纯洁,什么"我们女孩子不可以",什么"我们女孩子不行",什么"我们女孩子不能随便",什么"我们女孩子不能这么早"之类的,我恶心。你说说,都把自己那东西交给一个老头经常性地免费使用了,还有什么不可以的?真是搞笑。

从这点上看,我觉得她刘花花不如鸡,一点儿都不如。要说,人家鸡那东西被经常性的用,是为了挣钱,也算是劳动致富的一种,全世界嫖客都可以理解。她那算什么?她那被人家白用,不花钱的,弄了一次又一次,为了什么?是尊敬老师?是孝敬长辈?我呸,简直就淫男荡女,这样的女人比鸡还贱,比鸡还鸡。一想起她我都恶心,那种反胃般的恶心。严重的时候会出现呕吐,甚至阳痿症状。

不过话说回来,对于周巧巧来说,我虽然没有对她像对刘花花的反感情绪那么严重,但碍于她也已经被李旺旺干过 N 次,我还是觉得叫她女人为好,这样我的心理会平衡些。不然,我勾引她的兴致怎么也提不起来。

说到这里,就不得不说一个词了,那就是"勾引"。

勾引,我的理解就是,别人一男一女,好好的,结果你从中间插一杠,就是你在实施这插一杠的过程,就是勾引。举个例子,譬如说,你准备插男的,就叫勾引人家男人;你准备插女的,就叫勾引人家女人。像我这样的,准备插周巧巧,就叫勾引人家女人,勾引人家李旺旺的女人,也就是勾引周巧巧。

为什么我非要勾引周巧巧呢?不勾引不行吗?也不是。我勾引的理由有三条。一、是我觉得周巧巧长得不高,但好看;二、是我觉得周巧巧的身材好。说到周巧巧的身材,我不得不说出我的一个困惑,就是我怀疑他妈的周巧巧的屁股是不是她装出来的,不然,她的屁股咋能就翘得那么好呢?三、是最重要一条,就是我觉得周巧巧够骚、够浪。每当我闭上眼睛的时候,我就能想像出屁股翘得很好的周巧巧和李旺旺做那事时,周巧巧吃力的样子。这样的想像,平添了我坚定要抓紧时间勾引到周巧巧的决心。

具体该怎么开始呢?一段时间以来,我一点儿思路都没有。

那天,我在路上遇到了王小奎。我就突然灵机一动。好像思路就来了。

有思路就好哇,我想。

我说,王小奎,李旺旺欠你的 200 块钱还你没?王小奎说,李旺旺没欠我钱呀,李旺旺就欠我 10 斤饭票,在毕业前的时候就还了。我说,欠了,我当时在场呢,在哪哪哪借的,你忘了?王小奎说,是吗?李旺旺还欠我 200 块钱?我真不记得了,你当时还在场?我说,是呀,你当时借给他十张 10 块的,四张 20 的,四张 5 块的,我记得清清楚楚。王小奎说,你这一说,我还得赶紧找他要去,别说我还真给忘了。我说,去吧去吧。

王小奎走后，我就给李旺旺打了个电话。

我说，李旺旺，你欠王小奎200块钱？李旺旺说，我没欠王小奎钱呀，我欠他10斤饭票，在毕业前的时候就还了。我说，他今天给我说你欠了，在哪哪哪借的，还说当时我在场呢！李旺旺说，是吗？他妈的王小奎胡扯，我欠他200块钱？我还说他欠我200块钱呢！狗日的。我说，是呀，我就没印象你欠过他钱，他非说我当时在场，这怎么可能呢？我当时在场我怎么不记得呢？李旺旺说，他妈的逼，我回头找他算账去，欠揍他。

我估计王小奎打不过李旺旺。李旺旺高中时就是学体育的。王小奎戴着眼镜，不行。这是我考虑的。

后来的事大大出乎我的意料。就是，某一天，我突然接到周巧巧打来的电话，说李旺旺被王小奎捅死了。周巧巧边哭边说。我听后十分吃惊，甚至感到十分震惊。我说，周巧巧你别怕，你哪也别去，我现在就过去，你等着我哈。周巧巧说，好。

我到了周巧巧那儿，一看，李旺旺真死了。其状惨不忍睹。

我数了，一二三四五六七八九，李旺旺身上总共被捅了九刀。也就是说，李旺旺被王小奎捅过九刀之后才倒下的。或者说，王小奎是把李旺旺捅过九刀之后才罢手的。

他妈的王小奎咋就恁狠呢？我想都没想到。

他妈的王小奎真是太不像话了。

我就问周巧巧说，周巧巧，你以后打算怎么办？周巧巧说，我能咋办呢？我说，没事，有什么困难，尽管说，找我，找其他同学都可以。周巧巧说，你能帮我找一个房子吗？我想搬走，我不敢住在这儿了。我说，好，我给你找我隔壁的房子好不？有啥事你找我方便。周巧巧说，随便，住你隔壁也行。

晚上我就要求周巧巧搬。

我说这事赶早不赶晚，不瞒你说，要我住这儿也怕，别说你一个女的了。

晚上我就帮周巧巧搬了。

周巧巧搬到我隔壁后，我于某一日后，就再也睡不着了。为啥呢，是因为这某一日的晚上，我去推周巧巧的门，我竟一推就开了。门没插。

我想，这大概是周巧巧已经把李旺旺给忘了。

勾引周巧巧版本二

> 走在路上，我就想，这次我们去那茅草棚会干些啥呢？

现在呀，我正准备勾引一个女人，她叫周巧巧。现在还没有到手。现在她还是别人的女人。但我认为，她将来一定会是我的女人。为什么这么说呢？说一个事实你就明白，就是，周巧巧又和李旺旺吵架了。周巧巧和李旺旺一吵架我就有机会。好像他们那架是专门为我吵的似的。我的意思不是说，他们是为了我而吵架，我的意思是说，他们会为些别的什么，譬如他们谁没做饭呀，谁没洗碗呀，谁没洗衣服呀，谁忘了交房租呀，谁去同学那整夜没回呀，做那事谁没满足呀，等等，反正是吵架。

他们一吵架呢，周巧巧就给我打电话，哭，说她和李旺旺又吵架了，说她又想和李旺旺怎么怎么了。我心里是窃喜呀。我平时最讨厌女人哭了，可我却不讨厌周巧巧哭，一点儿都不，说不出为什么。相反，每次周巧巧打电话跟我哭的时候，我都兴奋得很，兴奋得像扛着一杆枪要去打仗似的，恨不得马上就冲过去把枪朝周巧巧身上给开一遍，让她血流成河。

我觉得我会有机会冲过去的。

你想想呀,既然周巧巧都给我打电话了,在她和李旺旺吵架后,那么她每打一次,我不就有一次勾引她的机会吗?你再想想呀,如果你女朋友一和你吵架后,就给别的男人打电话,时间久了,你不觉得会出问题呀?傻瓜才不会。当然,只是比喻。我的意思是说,这样时间久了,我不怕她周巧巧不到手。这由不得你不信。不过,一段时间以来,我的思路还不是很清晰。我考虑的是,我的思路终会清晰的。

那天,我在路上遇到了王小奎。我就突然灵机一动。好像思路就清晰了。

思路清晰就好哇,我想。

我说,王小奎,李旺旺让我给你说,让你去他家看毛片呢!王小奎说,啥片子呀,你看没?我说,看了,可得劲了,简直舒服惨了!王小奎说,谁演的呀?国产的还是外国的?我说,有得看就不错了,你还挑这挑那的,人家李旺旺念你是兄弟,才让我给你说的,其他谁都没给说,你看你!王小奎说,我不是那意思,我是怕我看过,我看过多少呀!我说,你看过多少呀?有我看的多吗?逼的你!这个片你没看过,都是十五六岁的小姑娘,带情节的,有意思。王小奎说,那好,我喜欢看有情节的,光弄那个没意思。

王小奎走后,我就给李旺旺打了个电话。

我说,李旺旺,王小奎要去你那看黄碟呢!李旺旺说,我没新片,那几个他都看过。我说,他才买的,可得劲了,说都是十五六岁的小姑娘演的,带情节的,可有意思了。李旺旺说,你看没?我说,还没呢,只看了封皮,是个一掐一冒水的小姑娘,屁股撅着,脸扭着,很用力的样子,估计好看。李旺旺说,那他什么时候来呀?我说,他明天上午,碟子在我这儿,我待会儿给你送去吧?李旺旺说,好。

在我经过科技市场的时候,我就买了几张黄碟,给李旺旺送去了。

临走时,我给李旺旺说,我昨天在思达超市看见周巧巧跟一个男的,男的不认识呀,她朋友?李旺旺说,朋友她妈的个逼!我说咋了?李旺旺说,昨天给我说去女同学那儿,竟然在外面打野炮。我说,可能是误会。李旺旺说,误会个屁。

第二天,艳阳高照的时候,我就接到了周巧巧的电话。

周巧巧又是哭哭啼啼的。我没什么意外。

周巧巧说,我和李旺旺又吵架了。我说,既然你和李旺旺吵架了,那你就来找我吧。周巧巧说,找你干啥呀,我现在很烦!我说,我也烦,不仅烦,还上火。周巧巧说,那该咋办呢?我说,我们去爬山吧,在山上你使劲叫,就不烦了。周巧巧说,管不管用呀?我说,管用,我试过,灵得很。周巧巧说,好。

我们就去爬山了。

不巧的是,我们刚爬到半山腰,天就下雨了。

我就骂,说,妈的逼的,刚刚还艳阳高照,咋就说下雨就下雨了呢?

周巧巧说,你说话真流氓。

我说,你还没见我流氓的时候呢。

就在这时,我们发现了半山腰上的一个茅草棚子。这茅草棚子不大,呆两个人还是蛮合适的。我们二话没说,就钻进去了。外面的雨下得真是太大了,而且还越来越大。我的衣服全湿了。周巧巧的也是。周巧巧的衣服一湿,我就什么都看清楚了。具体说,我看到很多肉。我说,周巧巧,我们像穿着衣服刚洗了个澡似的。周巧巧说,你不觉得很爽吗?我说,我现在还不觉得,不知道待会儿会不会?

过了好大一会儿,雨终于停了。

雨一停,周巧巧就要求回家。周巧巧说,雨天爬山太没意思了。

没办法,我就送周巧巧回家。意思是说,我们在茅草棚子里就只是避雨了。

于是我觉得这天,真是他妈的扯淡。

到了周巧巧家楼下,我说,我该走了。周巧巧说,到我家坐一会儿吧,反正你也没事。我说,不了,改天吧,说不定李旺旺在家等着你呢。周巧巧说,别提他,烦他呢,没事,走吧。我说,就玩一会儿。周巧巧说,好。我们就上楼了。

我们刚进屋,就听见房间里那种男女压抑的叫声,吭哧吭哧,尽管关着门,听起来还是很大。越听越大。简直不是一般的大。像在我们耳朵里各装了一个小音响。

我看到周巧巧都哭了。

最后,周巧巧说,我们走吧。

我说,我们上哪儿呢?

周巧巧说,还去那个茅草棚吧。

我说,好哇。

走在路上,我就想,这次我们去那茅草棚会干些啥呢?

勾引周巧巧版本三

> 我想,等我将来有了女儿,我一定不让她进城。

天黑以后,我始终没事干,就躺在床上,看天花板。天花板一点儿也不好看。平常吧,我一看,就在上面能看出一个女人来,我想让她是谁她就是谁,想让她是什么姿势她就是什么姿势,想让她哪露出来她哪就露出来,过瘾得很。今天,不知道咋回事,我怎么努力去看也看不出来,眼前黑糊糊一片。我怀疑是我的眼睛出了一点儿小小的问题。索性,我把眼睛闭起来。可我眼睛一闭,我就听见隔壁有人在外面做饭,滋拉滋拉的声音。旁边还有人说话,是个男的。做饭的是一个女人,边铲锅边说话。我就想,我要是有一个女人给我做饭就好了。她最好是原来我们班的文娱委员周巧巧。我们吃完饭之后就逛街。逛完街之后就说话。说完话之后就睡觉。睡完觉之后还睡。

我是这样想的。心里烦。

想着想着,我的肚子就开始咕噜咕噜地叫了。我想我是饿了。我就骂,妈的逼的,做饭都弄出这大响来,干点儿别的,响声不是更大?

骂过之后，竟然没人理我。这出乎我的意料。

为什么这么说呢，因为我骂过之后，我想我该会跟人家吵一架的。可是没有。所以出乎意料。这又让我觉得很没意思。

我想，我出去走走算了。我就出去了。

走在街上，我很希望我能碰一只鸡。也就是妓女。也可以说是卖淫的。因为啥呢，因为我听说我这周围鸡很多，我就是没碰到过，今天就特别想碰到一个。这只鸡呢，最好长得像周巧巧。名字最好也叫周巧巧。

结果呢，我还真的碰到了一只鸡。而且，这只鸡还真长得像周巧巧。不骗你。就是不知道她名字叫不叫周巧巧。

我就上前问问，说，喂，干啥呀？她说，不干啥，等人。我说，等什么人呀？她说，等我老公怎么啦？我说，等你哪个老公呀？她说，你什么意思呀？我说，没什么意思，就是看你这么年轻，怎么也不像是结过婚的。她说，是吗？我说，是。她说，那你背着你老婆这么晚出来干啥呀？我说，我没老婆，我出来就是想找点活干干。她说，找什么活呀？我说，什么活你不知道？她说，不知道。我说，就是当个贴身保镖什么的！她说，你当贴身保镖找我干吗？我说，能干吗？不还是想在你这儿找点儿活吗？她说，我这里的活今天已经被别人承包了。我说，承包了？谁呀？她说，一个包工头。我说，包工头不是包工地的吗？她说，白天包工地，晚上就包别的。我说，那明天呢？她说，明天再说吧。

我断定她就是个鸡。

为什么这么说呢，我们可以分析一下。首先，从上面的对话几乎就可以判断，她就是个鸡。其次，我看她胸部挺得老高，判断她里面一定有一把好乳，应该是被人天天把玩的结果。你想呀，那东西天天被人把玩的，只有鸡。第三，就是她还背着个包，出远门的样子。背着个包出远门的样子也能说明她是个鸡。这么晚了，谁还背着个包出远门？只有鸡。晚上出门是鸡最大的习惯。包呢，我想呀，是她装东西方便，譬如，她可以装装药呀、装装套呀、装装纸呀、装装油呀什么的，等等，完事后还可以装装人民币，真是方便。

在断定她就是个鸡后，我买了两个烧饼，开始边吃边对她实施跟踪。我还不知道她叫不叫周巧巧呢。

半小时后,果然来了个土儿吧唧的人,脸盘大的像尿盆,腰上悬着BP机,手机,还有小灵通,典型的农民暴发户。我从内心深处鄙视这种人,一有钱就烧包来了。他也不想想,他在这里鬼混,搞鸡,说不定他乡下的老婆还正在喂猪呢!还说不定,他在这里鬼混,搞鸡,他乡下的老婆还正在攒鸡蛋,准备给他儿子交学费呢?想想,真是让人寒心。我也真为他老婆抱不平。我要有他老婆的电话,我非给他老婆打个电话不可。我会给他老婆说,让她别喂猪了,也别攒鸡蛋了,赶快到城里来,他男人正准备搞鸡呢。

我继续跟踪。静观其动。

就在这鸡和包工头磨磨蹭蹭快要走的时候,我就突然蹦了出来。

我为什么要蹦出来,因为我急呀。你想,他们一出大门,就打车走人,找宾馆或旅社开房间了,我就没和这鸡接触的机会了。我一没接触的机会,还是不知道她叫不叫周巧巧,那我跟踪这么久,屌用?我有把一件事搞清楚的习惯。

我对着那个包工头,说,张三,你他妈在这呀,我找你都找老半天了,你老婆打电话来了,说,她来郑州了,上午8点钟的火车,现在该到了,叫你去火车站接呢。

这个包工头望着我,半信半疑。

最后,他还是乖乖地走了。一走一回头的。就在他上了出租车后,我还能看见他又从出租车里探出头,望了我一下,之后,就吼吼地对司机说:火车站!

包工头走后,我就把那鸡领回了。

在我家的床上,我跟鸡对了一会儿话,如下:

我说,你是不是叫周巧巧?

鸡说,你怎么知道我叫周巧巧?

我说,你真叫周巧巧?

鸡说,那还有假,我有身份证呢!

我说,你身份证拿我看看。

鸡说,好。

鸡把身份证给我,一看,还真是周巧巧。我说,你怎么可以叫周巧巧

呢？鸡说，我一直就叫周巧巧。我说，你叫周巧巧了为啥还做鸡呢？鸡说，我叫周巧巧了为啥就不能做鸡呢？我说，你走吧走吧。鸡说，还没做呢！我说，不做了不做了。鸡说，不做也得给钱。我说，我都没做，给你妈个逼呀！

  鸡就走了。鸡走的时候，骂了我一句。我没听清。

  我真想冲出去朝她屁股踹一脚。可我没。

  我想，等我将来有了女儿，我一定不让她进城。

勾引周巧巧版本四

> 我要是再"喔喔喔"三声，
> 周巧巧能叫我上楼就好了。

我想勾引周巧巧。想得不能行。想得有一天晚上，我不知不觉就来到了周巧巧的楼下。我想，我要是"喔喔喔"三声，周巧巧能把电灯拉着就好了。我想，我要是再"喔喔喔"三声，周巧巧能叫我上楼就好了。我还想，我要是不试试怎么知道呢？

我就试试。

我"喔喔喔"三声。结果楼上没有反应。

我又"喔喔喔"三声。结果楼上还是没有反应。

我就泄气了。我想，如果，我要是上楼了，我一定不叫周巧巧拉灭电灯。我想，如果，我要是上楼了，我一定要和周巧巧要敞着灯做。我还想，我不上楼怎么知道呢？

我就上楼。

可就在这时，从楼上下来好几个人。我看他们一个个带着墨镜，黑西装，白衬衣，跟电影里演的黑社会打手一样。

我想，他们该不会是小偷吧？

但又一想，不对，小偷看见人会跑的。他们不跑，还

径直朝我走来。在这个时候,还敢径直朝我走来的,简直不就是抓小偷的吗?我想到这儿就感觉不对劲了。他们一定是把我当小偷了。我觉得,我得赶紧离开这儿。不然,就晚了。你想想,虽然我不是小偷,不是来偷东西的,只是想勾引周巧巧,但他们非要把我当成小偷,不讲理不分青红皂白,就算没什么生命危险,给我暴打一顿也不值呀!想到这儿,我是越来越觉得不对劲了。

接着,我就撒腿就跑。

但,同时我也看到,他们立马就追了。

我顾不了那么多。我只管跑。

我跑得很快。快得呀,就只听到风在我耳朵旁飕飕的,飕飕的,像是有很多人在不停的朝我放箭。

可是,最终,我还是被他们捉住了。

妈的,他们竟然没打我。

过了一会儿,有人拿着个电话,让我接电话,说是和周巧巧通话。我纳闷儿,心里骂,妈的逼,这咋跟周巧巧扯上关系了呢?

我接过电话,说,喂,是周巧巧吗?

电话那边说,我是周巧巧。

妈的逼,真的是周巧巧,我听出来了。我说,周巧巧,你在哪呀?你怎么了?周巧巧说,我欠他们钱,被他们关起来了。我说,你欠他们多少钱呀,就把你关起来了?周巧巧说,一万。我说,啊,一万,你怎么欠他们那么多钱?周巧巧说,我吸毒了,我吸毒欠他们的。我说,什么,你吸毒了?不可能吧?你怎么可能吸毒呢?周巧巧说,我是吸毒了,以前我也觉得这是很遥远的事。我说,这到底怎么回事?周巧巧说,李旺旺的干爹不是一个派出所所长吗,李旺旺从他干爹那搞到了一些他干爹收缴的毒品,我们好奇,就吸了,结果就上瘾了。我说,他李旺旺呢,他去哪了?周巧巧说,我们分手了,他被他干爹送戒毒所,就没联系了。我说,那他们抓我干吗?周巧巧说,现在只有你能帮我了,求你了,我真不想这样下去了。我说,周巧巧,你怎么可以吸毒呢,吸毒可是违法的呀。周巧巧说,我知道,那现在该怎么办呢?接着,周巧巧就哭。周巧巧边哭边说,我真不想再吸毒了,你帮我把钱还给他们,我会还你的,我什么都答应你,我不想跟他们再有任何关系了。

周巧巧哭得我心里一紧一紧的。

我最怕女人哭了。周巧巧这一哭,我就没办法了。

我只好答应她。我说,周巧巧,只要他们放了我,我一定会想办法救你。

周巧巧说,嗯。

我跑回去后,我就给王小奎打了个电话。我说,王小奎,你知道不,周巧巧吸毒被抓了,欠了人家两万,一周内不还,有生命危险。王小奎说,不可能吧?我说,咋不可能,李旺旺的干爹不是一个派出所所长吗,李旺旺从他干爹那搞到了一些他干爹收缴的毒品,结果他们好奇,就吸了。王小奎说,那怎么办,李旺旺呢?我说,李旺旺被他干爹送戒毒所了,周巧巧除了我俩,没人能帮了,我想好了,我俩一人一万,想办法弄吧,谁让我们都喜欢周巧巧呢!王小奎说,那好吧。

我和王小奎就分头筹钱了。

我和王小奎分头筹钱的过程就不必叙述了。更准确一点儿说,王小奎筹钱的过程就不必叙述了。因为王小奎很顺利很准时地把一万块交给了我。王小奎把钱交给我的时候还说,别问钱从哪搞的,你那份我帮不了。我心想,不问就不问,一万块就够了你个傻逼。

结果我就把周巧巧顺利地救了出来。

我把周巧巧顺利地救出来后,发现周巧巧受了点儿小伤。我就送她去了医院。

那天,王小奎也去了。

在医院病房里,我,王小奎,还有周巧巧,两个男人一个女人就干巴巴地坐着躺着,一直到晚上。我们都没什么话说。毕竟周巧巧的心情太不好了。最后,我对王小奎说,王小奎,你去买一份盒饭吧,周巧巧大概该饿了。王小奎说好,就去买盒饭了。

王小奎走后,周巧巧竟对我笑了。

我真有点儿不大相信。

然后,我就趁着病房明亮的灯光,开始抓紧时间跟周巧巧说话。我一会儿说王小奎想女人都想疯了,结果半夜自个去美发店因为没带够钱给

赶出来了；一会儿说王小奎经常朝女厕所扔石子，结果有一次被一个老太太跑到男厕所给逮住了……总之，我没闲着。也许，在这期间，也就是我说的过程中，我可能会不失时机地朝周巧巧身上摸上一两把。当然，周巧巧很配合。我甚至手伸到被子里，脱掉周巧巧的裤子，我站着，周巧巧屁股撅着，在洁白的病床上，我们就干了一把。干完之后，周巧巧又对我笑了。

这些，王小奎在买盒饭的路上，怎么也没想到。

勾引周巧巧版本五

> 当火车从我眼前呼啸而过时,我竟不知为什么就流泪了。

我怎么也没想到周巧巧最终跟王小奎走了。

当初,我和鲁小北,张又发,薛见南,还有逯远毛他们,算周巧巧被李旺旺搞的次数,只有王小奎不吭声。鲁小北说,三年至少搞有100次。张又发说,我觉得至少搞有500次。薛见南说,一天搞一次,三年也搞了1095次。逯远毛说,要是我,至少一天搞她三次,三年就是3285次。鲁小北说,靠,要是卖钱的话,能卖多少钱呀?张又发说,一次10块,按1000次,也有一万元的收入呀。薛见南说,10块一次你搞个鸡巴,至少得100块钱一次,你不知道,女学生要比鸡贵得多。逯远毛说,妈的逼,那我搞了3000多次,不是得30多万吗?看我这一辈子难挣到这个逼钱了。我骂他们想搞女人都想疯了。

说实话,其实我也想。哪个正常的男人不想点儿这呢?譬如说,有时候,在街上,你看到一个身材很棒的女的,你就想在街上的某个胡同里脱光她的衣服,把她搞一下;有时候,在商场里,你看到一个身材很棒的女营

业员,你就想在商场里的某个柜台下脱光她的衣服,把她搞一下;有时候,在学校门口,你看到一个身材很棒的女生,就想在学校里的某块草坪上脱光她的衣服,把她搞一下。例子是太多了。很正常。我的意思是说,男人想搞点儿事不稀罕。

我想搞的,其实也是周巧巧。

我想,周巧巧咋就不陪我睡一觉呢?哪怕睡一觉后我欠李旺旺一万块钱。可想归想,我还是只能眼巴巴地看着她陪李旺旺睡。一点儿办法都没。这时候我还觉得,李旺旺这小子真是太幸福了。幸福得让人嫉妒,他妈的。

记得有一次,有人到派出所举报,说周巧巧和李旺旺非法同住。上午,果然来了俩警察,把周巧巧和李旺旺带走了。结果不到中午,周巧巧和李旺旺就回来了。我问李旺旺说,怎么这么快就回来了,没啥事吧?李旺旺说,没啥事,要不是他们非要管中午饭,我们回来的更早。这个时候,我们才知道,原来李旺旺干爹的一个亲戚,就是某个辖区的派出所所长。

这就说明,我想跟李旺旺争女人,基本上很难。

也可以说,基本上就不可能。

可是越这样,我就越想搞。有难度才挑战。这是普遍心理。我想,换了你也一样。

那天,我又碰到了比较操蛋的王小奎。我说,王小奎,听说,你他妈的把周巧巧给干了?王小奎说,你他妈的少胡说啊,这是根本没有的事。我说,没有我咋就听说了呢?无风不起浪呀!王小奎说,都谁说的?我说,谁说的你别管,反正是听说了。王小奎说,妈的逼,老子给他拼了。我说,你给谁拼呀?王小奎说,谁说的给谁拼。我说,要是周巧巧自己说的呢?王小奎说,不可能。我说,不可能,你可以去问问周巧巧呀。

后来就听说周巧巧和王小奎吵架了。

李旺旺还找一帮人要揍王小奎。王小奎闻讯就跑了。王小奎跑回了信阳老家,就再也没跟我们联系过。后来听说他家里人给他买了辆大宇通,跑客运,信阳至郑州这个线的,挣钱得很。期间,还搞了不少女人。情况是这样的,在王小奎必经的312国道上,一路上有很多路边小饭店,所谓"停车吃饭"的那种。来这里面的,一般都是司机,吃饭是一方面,最主要是里面有便宜女人可搞,50块至100块不等,司机喜欢,话不多说,搞过就走。王小奎与别人不一样的,就是他搞得特别多。王小奎搞女人的能力,我是这个时候才刮目的。

有一天,周巧巧突然打电话对我说,李旺旺他妈死了。

我说,他妈死了就死了呗,谁能保证谁的妈不死呢?

周巧巧说,我不是这个意思,我的意思是说,李旺旺的妈被王小奎的车撞死了。

我说,啥啥,不可能吧?

周巧巧说,人都死了。

这个事最终被王小奎自己给证实了。那天,王小奎风尘仆仆地来找我,说,我把李旺旺的妈给撞死了。我说,不可能吧?王小奎说,我真是把李旺旺的妈给撞死了。我说,那你怎么办?王小奎说,我今天找你就是想让你跟李旺旺说说,赔他4万块钱,看中不中?我说,4万不少了,我看行,人又不是你故意撞的。王小奎说,你还跟他说,我给他5万,让他把周巧巧也给我。我说,王小奎,你他妈的这就不像话了!王小奎说,我他妈的咋不像话了,你就照实跟他说,全是现金。

出乎我意料的是,他妈的逼的,李旺旺竟答应了。

也就是说,王小奎给李旺旺5万块钱,就干掉了和李旺旺相关的两个女人,一个他妈,一个周巧巧。他妈呢,死了,当然没什么可再说的。可周巧巧,有着那么健康的身体,就1万块钱,怎么就说不要就不要了呢?是个人呀?我觉得李旺旺真他妈的疯了。我还觉得李旺旺真他妈的太动物了,太不是人了。

王小奎跟周巧巧走那天,我去送了。

在车站,我问王小奎说,我可以抱一把周巧巧吗?王小奎说可以。结果我就抱了一把周巧巧。我抱着周巧巧的时候,对周巧巧说,早知道,我欠李旺旺1万块钱算了。周巧巧说,你说啥呀?我说,没啥。周巧巧和王小奎就坐上火车走了。

比较操蛋的就是,当火车从我眼前呼啸而过时,我竟不知为什么就流泪了。

勾引周巧巧版本六

> 我一个猛子下去,在澡堂的水池里就没了影子。

某日上午,艳阳高照,我在文化路科技市场后的一个比较隐蔽的胡同里买黄碟时,碰到了王小奎。王小奎是从我身后猛地一下蹦出来的,吓得我大腿根子一紧。我说,干吗呀?吓死老子了。王小奎说,我想问你干吗呢?我说,买碟,妈的,我都半年没看毛片了。王小奎说,别买了,跟你说,我和李旺旺合伙开了一个澡堂,刚招了几个小姐,有几个长得确实不赖,请吃顿饭就能搞上,比你看毛片干着急得劲多了。我说好哇,反正钱付过了,那我今天先看看再学习学习,那你干啥呢?王小奎说,也买碟。我说,你买碟干吗?你不是有小姐吗?王小奎说,不是我要,客户要,客户要能不买吗?我说也是,有这东西气氛要好些。

下午,我把黄碟看完,就没事干了。

我就去了王小奎的澡堂。

意外的是,我在王小奎的澡堂里碰到了周巧巧。

我问王小奎,说,周巧巧怎么在你这儿?王小奎说,我不是给你说过我刚招过几个小姐吗?周巧巧是其一。

我说，王小奎，你他妈的也太不像话了，竟然让我们的同学给你当小姐，你是不是人呀？王小奎说，不是我要她来的，是她主动要来的。我说，你不勾引她，她会来？王小奎说，我压根儿就没勾引她的意思，是李旺旺要勾引她。我说，李旺旺他妈的也太不像话了，即使想勾引她，也不见得非要把她弄到这儿来呀，这跟把一个良家妇女送到妓院有什么区别？王小奎说，周巧巧不接客。我说，说是不接客，万一客人点名要她怎么办？王小奎说，给客人解释一下，周巧巧确实不接客。我说，要是客人就专门对扬言不接客的小姐感兴趣呢？王小奎说，那就得李旺旺自己解决了。

我又问王小奎，说，王小奎，我想好了，我现在无业，也在你澡堂里给我安排个位置吧？王小奎说，靠，我现在人都满了，没空位置呀。我说，干啥都行，比如搓背、扫地，等等。王小奎说，搓背的，扫地的，还有烧锅炉的，都是李旺旺的亲戚。我说，那保安什么的呢？王小奎说，保安什么的都是我亲戚。我说，偌大一个澡堂，不信找不出一个位置，妈的，你再想想。王小奎说，对了，食堂缺一个负责择菜、洗菜、切菜的，不知你能干得来不？我说，无所谓，我能屈能伸。

在天黑之前，我搬进了澡堂。之后，我觉得第一件事，就是抓紧时间找周巧巧谈心。

具体谈什么呢，还不清楚。我觉得有必要先找到再说。

我在澡堂里转了一圈，没看到，有人提示说，请到上面看看。我就到上面看看。我到上面第一眼就看到了王小奎。我看王小奎不停的为客人们倒茶，买烟，领客人到包间。客人们洗完澡以后，都躺在一张张干净的单板床上喝茶、抽烟、看电视，或者是聚众打牌。王小奎还不停的吆喝，说，修脚挖耳泡茶理发，修脚挖耳泡茶理发。他一次念两遍。我好奇，走到王小奎跟前，说，王小奎，你是老板，怎么你自己还干活？王小奎说，不干不行挣钱不容易呀。接着又说，你找我有事？我说，没事，熟悉熟悉环境。王小奎说，恐怕是瞄小姐的吧，哈哈。我说，刚才在楼下墙上看到一个镜框，上面有很多小姐照片，下面还编有号，是不是弄那个的？王小奎说，是，方便客人，想弄的人经过时，指哪个号的小姐，我们就把哪个号的小姐给他们叫到包间里。我说，上面我咋没看到周巧巧呢，周巧巧编几号呀？王小奎说，周巧巧不接客。我说噢，忘了。

我在晚上吃饭的时候,终于见到了周巧巧。周巧巧跟李旺旺趴在一起。我本来想端着碗和周巧巧边吃边谈心,但一看到她和李旺旺在一起,我又觉得没意思了。我只好还跟王小奎趴在一起。我问王小奎,说,周巧巧被李旺旺上过没?王小奎说,可能还没吧,李旺旺天天给我睡一起,没见他单独出去过,但可能摸过。我说你肯定?王小奎说肯定。我说怎么个摸法?王小奎说,有次我无意中看到,李旺旺的手伸向周巧巧的屁股和胸脯,周巧巧没生气,只是嬉笑着把他的手打开了。我说我知道了。

某日上午,艳阳仍是高照,澡堂里突然来了一伙很操蛋的人,点名要周巧巧提供色情服务。王小奎解释说,周巧巧不接客。那伙人说,接不接客又不是你说了算,让她自己过来说。王小奎说,周巧巧真是不接客。那伙人就拍桌子了,说,妈的逼,接不接客,让她过来我们看看还不行吗?王小奎没办法,就去叫了周巧巧。周巧巧过来看了那伙人一眼就被吓哭了。周巧巧边哭边说,我真不接客。没想到的是,那伙人竟忽的一下子就把周巧巧拽进包间,关上门,都忙开了。王小奎吓得不轻,赶紧找李旺旺,却遍寻不得。

王小奎最终找到我,说明情况,我掂着一把菜刀就出来了。

我踹开包间门,进去,又关上门。

十分钟后,那伙人出来了。个个泪流满面,有悔青肠子的念头。

下午,周巧巧就开始听我的话,离开了澡堂。我呢,也准备洗一澡后离开澡堂。

在澡堂里,王小奎老是一边骂一边问我,说,你和那伙人在屋里说了什么啊?

我没说。我一个猛子下去,在澡堂的水池里就没了影子。

勾引周巧巧版本七

> 我一打开家门,竟意外地看到了有些紧张的王小奎。

那一天,是个周末,我和王小奎说好一起去玩,目的地是林州的红旗渠。那里好玩,有山崖,有水沟,有石头,还有茅草房子,人烟稀少。我记得,在那个茅草房子里,王小奎曾捏过我的一个女同学,王小奎多次对我说过,我对那里也算是印象深刻了。这次呢,我说,王小奎,你一定要想办法找个女同学让我捏捏。王小奎说,好,只要你不怕你老婆,你说你想捏谁吧?我说,周巧巧。王小奎说,那得培养两周。我说两周就两周。我心想,妈的,想捏一个女人,连两周都等不及的,那能算是想捏吗?

两周过的真是很快。过程中,我几乎感受到了幸福。为什么说是幸福呢?对我而言,能有机会捏周巧巧,那就是幸福,这是其一。其二,是因为在这一周里,在王小奎的安排下,我不断地和周巧巧接触。(注:这里的接触是碰面的意思。)有时候我们接触得很早,有时候我们接触得很晚。需要交代的是,这些接触,我都没有捏周巧巧,一次都没。为什么不捏呢,因为王小奎交代过,

说,千万不能捏。我说好。我就没捏。其实好多时候,譬如很晚的时候,我觉得我都可以捏了,但我还是没捏。我心想,妈的,想捏一个女人,连两周都等不及的,那能算是想捏吗?

第一周的最后一天,王小奎找我谈话,说,周巧巧钱包丢了知道不?我说,知道了,丢了800块钱,还有一张身份证。王小奎说,周巧巧急吗?我说,急,周巧巧都急哭了。王小奎说,急就好。我说,你啥意思?王小奎说,没啥意思,我的意思是说,周巧巧的身份证要的急,我已经帮她办好了。我说,你把她身份证办好了?真的假的?王小奎说,骗你是儿子,我找了个办假证的,两天就办好了。我接过身份证,一看,说,这简直跟真的一模一样呀!王小奎说,那当然,办假证的如果办得不像真的,那还叫办假证的吗?我说,这假的能行吗?王小奎说,没什么不行的,号码跟她以前的一样,就等于是真的。我想了想,觉得也是。我说谢啦,就好像王小奎是给我办的似的。

第二周的最后一天,王小奎又找我谈话说,这些天没出啥事吧?我说,没出啥事,感觉挺好。王小奎说,感觉挺好就好。我说,王小奎,那周巧巧的身份证啥时候给她呢?王小奎说,明天去红旗渠,晚上你在茅草房子里给她就是了。我说,明天她愿意去茅草房子里吗?王小奎说,这由不得她,明天下雨,大着咧。我说,靠,你怎么知道下雨,搞的你跟神仙似的。王小奎说,你他妈的不信拉倒,想捏的话就听我的。我就不说话了。我非常想捏周巧巧。周巧巧该挺的挺,该翘的翘,我想,衣服里面肯定是内容丰富,搁谁谁不想捏呢?

接下来,我和周巧巧该去红旗渠了。

你别说,还真被王小奎给说中了。我们刚到红旗渠,天就下雨了。不大,刚好能淋湿衣服。还是那句老话,周巧巧衣服一湿,我什么都看见了。可这次我没想其他的。真的。我心里的小火苗,一下子就莫名其妙地被雨水浇灭了。我下了下决心,掏十块钱给周巧巧买了一把伞。我说,周巧巧,天都下雨了,我们不上山了吧?周巧巧说,既然来了,为啥不上?我说,不为啥。不想上了。周巧巧说,不为啥,那为啥就不想上了呢?我说,不为啥。周巧巧说,不为啥,那总得有个理由吧?我说,反正不想上了,也没有理由,你问问问,问个屁!我的声音很大,看样子把周巧巧吓得不轻。

结果我们就回去了。

在路上,我和周巧巧很少说话。最后,不得已,我拿出身份证,说,周巧巧,你的身份证我给你办好了。周巧巧说,我没让你办身份证呀?我说,你的身份证不是丢了吗?周巧巧说,被偷了。我说,我找了个办假证的,给你办了一个。周巧巧接过身份证,一看,说,这简直跟真的一模一样呀!我说,那当然,办假证的如果办得不像真的,那还叫办假证的吗?周巧巧说,这假的能行吗?我说,没什么不行的,号码跟你以前的一样,就等于是真的。周巧巧说,那多少钱,我给你?我说,不要钱,我认识一个办证的哥们,顺便的事,我请他吃顿饭就搞定了。周巧巧说,那我今晚请你吃顿饭。我说,不用了,回头吧。周巧巧说,不回头了,就今晚。我想了想,最后说,好。

没想到的是,就在我和周巧巧吃饭的时候,竟遇到了一点儿小小的麻烦。

是这样的,我们正吃饭的时候,李旺旺突然闯了进来,抓住我衣领,提着,问周巧巧我是谁,和她有啥关系?是的,李旺旺不认识我,但我认识他。我知道他跟周巧巧有些关系。具体啥关系,说了也没啥意思,就不说了。我对李旺旺说,你这是什么意思?你赶紧给我松了。李旺旺说,不松咋的?我不松你能把我咋的?我说,咋的?不是吓你,小心我让你生活不能自理。李旺旺说,要呵,那咱今天看谁让谁生活不能自理?

结果,我们就干了一架。说不清谁占了便宜。或者说,谁都没占到便宜。李旺旺被我打得瘸着腿,被周巧巧扶着一拐一拐地就回去了。我呢,头破了,流了一些血,无大碍。但我觉得比较气愤的就是,我还没吃饱。我就给我老婆打电话。更操蛋的是,我老婆竟然手机关机。最后,我就打车回去了。我觉得最最操蛋的就是,我一打开家门,竟意外地看到了有些紧张的王小奎。

结果，我们就干了一架。说不清谁占了便宜。或者说，谁都没占到便宜。李旺旺被我打得瘸着腿，被周巧巧扶着一拐一拐地就回去了。我呢，头破了，流了一些血，无大碍。但我觉得比较气愤的就是，我还没吃饱。我就给我老婆打电话。更操蛋的是，我老婆竟然手机关机。最后，我就打车回去了。我觉得最最操蛋的就是，我一打开家门，竟意外地看到了有些紧张的王小奎……

第五辑

双子座

有些事跟你想像的一样

> 一个女人突然来敲我的门,她说,让我借你的浴室洗个澡吧。

有些事跟你想像的一样,我一直这么觉得。我这么觉得是有道理的。举个例子,那天,一个女人突然来敲我的门,她说,让我借你的浴室洗个澡吧,很快的,我现在很想洗澡,附近又找不到澡堂,如果你要钱的话,我可以给你钱的。我没说话。我仔细打量了一下这个女人。老实说,这个女的长得不难看,30多岁,胸部饱满,把衣服顶得老高,双腿的高度恰到好处,可能是保养好的原因,看上去只有二十五六左右,头发也染了一些,牛仔裤勒得很紧,感觉大腿上有很多的肉,但又不是很胖的那种肉。这个时候,我心里就慌慌的,没有谱了。我尽量保持镇定。我拿眼扫了扫四周,没有人。头上很热。一看,正是太阳高潮的时候。我看了看表,刚好是中午12点整。我说,我老婆不在呀,怕不方便吧?那女人说,那好吧。就走了。

那女人走后,我心里一直感觉不得劲。原因是,我一个不戴眼镜的男人装什么正经呀?再说,是个男人不得都有点儿那个经历?反正闲着也是闲着。我还猜想,这女人一定是鸡。为什么这么说呢,因为我的一个哥们曾教我一个分辨是不是鸡的好方法,就是看她走路,腿叉得越开,就说明她做那事做得越多,做越多的自然就是鸡了。我说准不准呀?他说,我有研究的,屡试不爽。我就信了。有时候我也到街上去找找看,还真发现不少腿叉的比较开的,自己心里就窃喜,鄙视一下子,还暗骂两句:骚鸡婆!骚鸡婆!开始觉得新鲜得很,后来就发觉越来越没意思了。原因是我每看到一个女人,就觉得她做那事做得不少,像鸡。就拿这个女人说,我看见她走路时两条腿也叉得特别开,我就觉得她一定是鸡了。而且,还很有可能是一个不要钱的鸡。而我呢,竟让她飞了。我越想越不得劲。

你说,碰到一个不要钱的鸡多么不容易呀!我就想,她要是能再来一次多好呀,别说是借浴室用一下,就是借床用一下也行。她既然可以随便在别人家洗澡,一定也可以随便和别人上床的。我纳闷的就是,万一我和她上床后,她找我要钱怎么办?她讹我怎么办?以后她以此要挟我怎么办?或者说,她要求经常来洗澡怎么办?她再来洗澡时被我老婆发现怎么办?被我老婆发现后我老婆要和我离婚怎么办?再或者说,她要是有病怎么办?我要是被传染了怎么办?我传染后又传给了我老婆怎么办?太可怕了。我简直是越想越怕。我想换了你也一样。为了搞一次鸡,弄得家庭破裂,是多么划不来的事。虽然我没搞,但我还是止不住地害怕,怕得像真的搞了一样。我就这么怕着,我的门铃突然就响了起来。我以为是我老婆,就去开门。我心想,我老婆可回来了。我开门,一看不是。还是那女人。我想说,你干吗又来了?想了想又没说。眼睁睁地看她进来了。我竟一点儿办法也没有。

那女人说,让我借你的浴室洗个澡吧,很快的,我现在很想洗澡,附近真的找不到澡堂,如果你要钱的话,我可以给你钱的。我没说话。我又仔细打量了一下这个女人。老实说,这个女的长得确实不难看,但也确实有点儿像鸡。为什么这么说呢,因为我看她走路时腿叉得确实很开。我拿眼又扫了扫四周,没有人。头上很热。一看,还是太阳高潮的时候。我看了看表,已经是下午15点整。我骂,说,妈的逼,都三点了,咋还恁热呢!我边骂边又抓紧瞅了她几眼,总感觉她胸部挺得太高。这时我就想起了一则丰胸用品的电视广告,那广告上女人的胸部也挺得老高,还说,

"不再让男人一手掌握"。我觉得很过瘾。我怀疑这女人是不是用过那产品。我又不方便问。我说,我老婆还没回来,怕不方便吧?那女人说,那有什么不方便的,你就当我是你老婆好了。我说,这咋能行呢。那女人说,这有啥不行的。女人边说边用身体碰了我一下。就一下,我就把持不住了。我竟同意了。

就在那女人洗澡的时候,我最担心的事发生了。我老婆回来了。你说说她早不回来晚不回来,偏偏这个时候回来了,你说操蛋不操蛋?我急得很,恨不得长出个翅膀飞起来,即便飞得慢飞得低也不要紧,那样我起码能离开这里,就当什么事情都没发生过。可我一直没长出翅膀。意思是说,我还得面对我老婆。那么,我该怎样跟我老婆解释呢?我说我不认识她,我说她只是来我们家来洗洗澡,我说她洗完澡就走了。这老婆能信吗?简直是不可能的事。换个位来说,要是你回到家,看到一个陌生男人在你家洗澡,老婆支支吾吾地解释说不认识这男人,说这男人只是来洗洗澡,说这男人洗完澡他就走人,你能信吗?你能让他走吗?反正我不信。打死我也不信。

有些事跟你想像的一样,我一直这么觉得。譬如说,原来那个女人真的是个鸡。譬如说,我和我老婆直闹得要离婚。我的气简直不打一处出,但也没办法。就在要签离婚协议书那天,我还想挽回。我对老婆说,我真的不认识她,她只是来我们家来洗洗澡,她洗完澡就走人的,不骗你。没想到的是,老婆却说,找不到像你这样不要脸的!我当时就急了,直想骂。但骂谁呢?也不知道。我就说,妈的,要不你也像那个鸡一样去别人家洗个澡?这话一出,我们离婚的事也就成了定局。

有些事并不是你想像那样

> 这话一出,我知道我和棉花的婚事就成了定局。

有些事并不是你想像那样,我一直这么觉得。我这么觉得是有道理的。举个例子,那天,我听见了敲门声,就去开门。打开一看,门口站着一个我不认识的女人。我很惊奇。我问她找谁。她说找谁谁谁。我说你找错了,这里没这个人。她说没错的,我在这儿等两天了。我说等两天怎么啦,这儿根本就没那谁谁谁。我就要去关门。就在这时候,我自己又犹豫了。我想,反正闲着也是闲着。我就用疑惑的眼睛打量了一下这个站在门口的女人。很意外,她也用疑惑的眼睛望着我。老实说,这女人不丑,有点儿胖,没我以前的老婆好看。但毕竟是个女人。但毕竟还不老。我素来对不丑不老的女人都怀有好感。我说,我们是不是在哪见过?她笑了,说,我也觉得以前好像见过你,似曾相识的感觉。我问她小学在哪儿上的。她说了。很扯淡,我们竟然是一个小学毕业的。

你说,在这偌大的城市里,能碰见一个小学同学多不容易呀。再说,能碰见一个小学女同学就更不容易了。我兴奋得很。我说,这世界可真小哇。这女人说,是啊,这世

界可真小。我说,这世界咋就这么小呢?这女人也说,是啊,这世界咋就这么小呢?我说,你在这儿等两天都等谁呀?这女人说,我等两天都等你呗。我说,你等我干啥呀?这女人说,我等你不就是想认亲戚吗?我说,我们就不是亲戚你认啥呀。这女人说,咱都小学同学了咋还不亲呢?我说,也是。我又说,那你晚上住哪儿?这女人说,咱们都亲戚了我还能住哪儿呢?我说,也是。我又说,你叫什么名字呢?这女人说,咱都同学了,还亲戚了,你咋还不知道我叫啥呢?我说,你到底叫啥呀?这女人说,我叫棉花,想起来没?我想了想说,你真是那个棉花?这女人说,不是那个棉花还是哪个棉花呀。

那个棉花我喜欢得很,骗你是孙子。那个棉花上小学的时候就发育得很好。这我是知道的。当时,都传说她被我们学校那个体育老师干过了。我不信。但是他们说的有鼻子有眼。他们说,那天,体育老师把棉花叫去了,很久才出来,出来后见棉花的衣裳像是被人解过似的。我还是不信。我就去问棉花。我把棉花叫到一个工地里的大水泥管里,一个人也没有。里面很黑,但还能看见人,或者其他的一些部位。我是采过点的。我问棉花,说,体育老师解过你衣裳?棉花说,嗯。我说,你干吗让他解你衣裳?棉花说,他非要解。我说,那我解你衣裳你让不?棉花说,非解吗?我说,非解。棉花说,那你就解吧。我说,我解哪儿呀?棉花说,我也不知道。我说,那体育老师都解哪儿了?棉花说,裤子。我说,好。我就把棉花的裤子脱了下来。脱完后,我还顺便摸了摸,看了看。我发现什么也没有。我就很失望。我就说,棉花,体育老师解你衣裳干什么了?棉花说,他也是看看。我说,操,有什么好看的。就把棉花一人丢在水泥管了,我自己跑回去了。

在后来的很多年里,我听到很多关于棉花的传言。有的说,棉花去广州打工去了,在一个小工厂里,被厂长干了,棉花一直哭,结果厂长给了棉花100块钱,棉花就不哭了,后来厂长就经常干棉花,干一次给100块钱,据估计那厂长干棉花至少也干了100多次了,有时候棉花还主动找厂长干,直到那工厂破产了,厂长给不起干棉花的钱了,棉花才走人。有的说,棉花被一个城里人包了,多少钱不清楚,整天陪人家睡觉,被人家干。有的还说,棉花那次在水泥管里被我干后,就一直跟着我,被我干。我发火了。我对说这话的人说,干你妈的头,那天我根本就没干。那人说,你没干,那你干什么了?我说,我什么都没干,我只是把棉花的裤子脱了。那人说,靠,把人家裤子都脱了还说没干,怕是提了裤子想不认账吧?我说,不信,你可以去问棉花呀。那人说,这都是棉花自己说的。

我就想找到棉花。当然,我找棉花的目的也就是想把这个事情说清楚。没想到的是,在这偌大的城市里,我竟然很轻易地就碰到了棉花。我说,棉花,有些传言你知道吗?棉花说,我知道。我说,你知道咋还不出来跟他们解释一下。棉花说,解释有什么用呀。我说,不解释人家还以为我欺负过你了呢!棉花说,谁欺负没欺负我,我心里跟明镜似的。我说,那倒是。我又说,欺负你的人是不是很多呀?棉花说,欺负我的人是不少,我看不起他们,你跟他们不一样。我说,你咋又扯到我了呢?棉花说,我只是想你。说完,棉花就哭了。我突然就感到好恶心。我心想,你被那么多人干过,还干了那么多次,还想我,我都恨当初在水泥管里没破了你身子,结果便宜了别人。这种想法竟愈演愈烈。

有些事并不是你想像那样,我一直这么觉得。在第二天5点钟的时候,天还没亮,一个人光着身子掀开被子,就钻进了我的被窝。刚好我醒了。我一看,是棉花。我说,怎么是你,棉花?棉花说,当时在水泥管里我就想把身子给你。我说,现在已经晚了。棉花说,不晚,反正你已经离婚了,我还是在水泥管里那个棉花。棉花还说,有些事并不是你想像的那样。我说,是吗?棉花自信的说,你可以验的。我笑了,说,好,那我就验了。这话一出,我知道我和棉花的婚事就成了定局。

关于这天

> 我把钱数了两遍。数得手都抖了。整整一万。

这天，周巧巧在医院要生孩子了，孩子的父亲王小奎打电话给我，叫我给他送点儿钱。我说我没钱了。王小奎说没钱了赶快给我搞。我说快过年了，严打期，不好搞呀！王小奎说，少扯淡，你到底搞不搞？最后我说了一个字，搞，王小奎才把电话挂了。

其实关于这天，也就是想说说我关于这天为王小奎搞钱的经过。为了便于让你理解我为什么冒险给王小奎搞钱，先说说我和王小奎的关系。

我和王小奎是兄弟，一起玩泥巴长大，最后在我们感觉能做一些其他的事情的时候，我们就一起进城了。在城市里，我们都期望能找个城市里的姑娘。传说城市里的姑娘喜欢乡下孩子的体力。可事实呢，我们两个还是成天无所事事，找不到一个羡慕我们体力的姑娘。有一天，王小奎指着我隆起的肚子说，有本事把别人的肚子搞大。是的，我胖，可我胖我体力也不错呀，这是不争的事实，每次打架都是我顶到最后。后来王小奎这句话竟多起来，我实在烦，就顶了他一句，说，你有本事你把别人的肚子搞大呀！王小奎火了，连夜强奸了一个小寡妇，结果小寡妇没声张，竟私下里和王小奎好起来了。小寡妇即周巧巧。

接着说我搞钱的经过。

这年头钱真是不好搞。从我挂了王小奎的电话之后就开始在街上转悠，竟没发现目标下手。我从前街转到中街，又从中街转到后街，又从后街转到前街，在最后快失望的时候，才发现了一个小目标。之所以说是小目标，是我觉得他没什么钱。没什么钱的目标，我一般都叫小目标。我很少对小目标下手。为什么呢，你想想，小目标和大目标承担的风险一样大，不是万不得已，我说什么也不会对小目标下手的。

这个小目标看起来像个老实人。老实人的钱相对来说好搞一些。我内心深处就窃喜一下子。我上前拉住他，即小目标，说，张三，你欠我的钱什么时候还？他说你认错人了吧，我不是张三！我说什么认错人了，我找你好长时间了，别给我撒赖哈！他说，你真是认错人了，我不是张三。我说，别扯了，以为你以前光头，现在把头发留起来我就不认识你了，你他妈逼的也太小儿科了，今天不还钱别想走！他还是想走，我掐住他不让他走。就这样，我们扭打了起来。就是在这扭打中，他口袋里的钱就悄悄地转移到了我的口袋，我一点儿都不感到神奇。接下来我考虑的，就是如何脱身了。

最后，是我先喊停止的。

我说，停，你说你不是张三，你拿你身份证我看看，看是不是张三？他就把身份证拿出来给我看看。我一看，真不是张三。我就道歉，眼泪都流出来了。我说，我那是救命钱，老婆正在医院生孩子呢，要得好困难，实在是急了，才认错人的。他见我都哭了，眼泪都流出来了，就很大度地说，没事没事，就走了。围观的一拨人，也蚂蚁一样的四处散开了。

我开始躲在厕所里数钱。

我把钱数了两遍。数得手都抖了。妈的逼，整整一万。

我有好多年没见过这么多钱了。或者说只见过一次。那是几年前我在银行里存钱，我忽然就看到了柜台里有很多钱。我就问营业员，说，这都是真钱吧？营业员说，你以为呢？我说，我以为不出来。营业员说，你以为不出来就算了。我就想，不管是真钱还是假钱，银行咋就这么多钱呢？

实在是想不通，我就回去了。后来混的不行，就基本上没去过银行。感觉，银行跟我真是没一点儿关系了。

我从厕所出来的时候，看到外面又围了一拨人。

我就过去看看。我有凑热闹的习惯。城里好多不是农民的人也都有。

我一看，是刚才我那个小目标在哭。

他说他的钱丢了，一万块钱，他说他现在该怎么办呀？他说他爹在医院里住了半年的院，结果昨天死了，医院非要交清他爹的住院费才准他把他爹领走，一万块钱是从他亲戚那凑的。小伙子哭得一塌糊涂，东张西望，不知所措。

我赶紧从人堆里抽出身子跑了。

我跑到医院把情况给王小奎说了。王小奎哭了。

其实王小奎哭并不是同情那个小伙子。王小奎哭是另有情况，即：医院里的周巧巧和孩子都死了。我说，王小奎，这到底怎么回事呀？王小奎说，周巧巧压根就不能怀孩子，是我害了她。我说，是医生说的吗？王小奎说，周巧巧先前就给我说了。我说那你干吗还把她肚子搞大？王小奎说，除了把她肚子搞大，还有什么能证明我比你有本事呢？

我就流着眼泪离开医院了。

在回去的路上，我又碰见了那个小伙子。他仍坐在地上哭，东张西望，不知所措。

我真想冲过去骂他，说，妈的逼，哭什么哭，不就是一万块钱吗？

结果我还真冲过去了。

我对着那个小伙子破口大骂，说，王小奎，你他妈的哭什么哭，不就是欠你一万块钱吗，说什么钱丢了，又不是不还你？他望着我，一脸的糊涂。我接着骂，说，王小奎，你妈的逼的，我算是看透你了，你这人一点儿也指望不得，我今后就是让老婆卖身，也不会再借你一毫一毛了。他刚想张口，我又骂，说，你他妈的什么也不用说，这是你的钱，咱以后谁也不认识谁了。

我把钱扔给他，我就走了。

走得很远。远得像我曾经满是泥巴的乡下一样。

与这天无关

> 我们就钻进了一块玉米地。玉米地里，春暖花开。

这天，我终于从城里回到了满是泥巴的乡下。主要目的，找我爹要一万块钱。至于为什么要钱？是有原因的，即：王小奎曾挖苦我说，有本事把别人的肚子搞大。意思是说，我成天无所事事，搞不到女人，还越吃越胖，大肚便便。现在我要向王小奎证明的是，只要我找我爹一要到一万块钱，就离我搞大别人肚子的日子不远了。

为什么这么说呢？因为这天我刚认识了一个小寡妇叫荷花。我一认识她我就喜欢上了她，不骗你。我说，我喜欢你荷花。荷花说，能用什么证明你喜欢我呢？我说，我给你一万块钱证明一下子吧？荷花说，你有一万块钱吗？我说，我是没有一万块钱，可我爹有呀。荷花说，那你就找你爹要一万块钱证明一下子吧。我说好。

我就决定找我爹要钱。不然没办法了现在。

我该咋样向我爹要钱呢？我想好了，不能直接找我爹要。找我妈要。我妈心肠软，我一撒个谎，编个悲剧，我妈眼泪一掉，钱就有可能要来了。

我这么说并不是说我家很有钱，一拿，就能拿出一

万。相反,我家钱少得很。你想想,我家一种地的,能有多少钱?据我所知,家里是存了一些钱,但具体有多少我不知道。我妹妹透露说,有不少,是准备盖房子的。我不知道这"有不少"是个什么概念。我肯定没我有次在银行看到的多。但不管怎么说,有一点是可以确定的,也就是说,我一不盖房子了,我就有可能拿到那"有不少"的钱。真是太好了。

悲剧我是这样编的,就说,我女朋友她爹死了。当然不是真死。是学那个张三的。至于哪个张三,建议你去读读本人另一篇小说《关于这天》你就晓得了。那个张三他爹是真死,是病死的。我这个不是,编的。我就说,她爹是这样死的,她爹在医院里住了半年的院,结果没好,昨天死了,医院非要交清她爹半年的住院费,才准她把她爹领走,总共得一万块钱。我想这招肯定灵。遇到这种情况,我爹妈再困难也会想办法的。从这一点看,他们是多么善良的人呀!

我把电话拨通后我就说,妈,我女朋友她爹死了,她爹在医院里住了半年的院,结果没好,昨天死了,医院非要交清她爹半年的住院费,才准她把她爹领走,总共得一万块钱。

扯淡的是,电话是我爹接的。

我说,爹,我妈哩?我说得很大声,我爹耳朵不好使。我爹说,洗菜呢。我说,别洗了,别洗了,死人了。我爹说,娃呀,你知道了?我说,啥知道呀?我爹说,你奶奶是死了,不跟你说,是有原因的,是你妈怕你难过呢。我说,啥啥啥,我奶奶死了?我爹说,是呀,死了。我就哭了。

我奶奶咋就死了呢?她最多快要死了。因为她有那么老。

可快要死了也不等于就死了呀?

我坐在车上,把头伸在窗外,一直哭。窗外的风,刮得呜呜的,呜呜的,像是有很多人在哭。而我的哭,则像那风似的。

我回到家一看,我奶奶真的死了。

我发现我奶奶真的死了的时候,我又哭不出来了。

我就说,爹,我奶奶有啥遗嘱没?

我爹说,啥主呀?

我说,就是她死前留下什么话没?

我爹说,没。

想想也是那样,她一个普通的乡下老太婆死了,能有什么遗嘱呢。后来又听我妈说,奶奶最后说了一句话,就是,大孙子就别让他回来了,来回路上花钱。这话能算什么遗嘱呢?这根本就不是遗嘱。我奶奶怎么就没有遗嘱呢?她原来跟我说,很想看看孙媳妇,看不到孙媳妇,她是不会死的。现在孙媳妇她还没看到,她怎么就死了呢?

我非常想念我奶奶。

回到城里,我第一个就去找荷花。我对荷花说,我奶奶死了。坐在门口纳鞋底的荷花没理我。现在城里真是很少能见到有人纳鞋底了,荷花真是特别。我又说,荷花,我奶奶死了。荷花白了我一眼,站起来,说,你奶奶死了关我什么事呀?我说,我奶奶很想见你。荷花说,胡扯吧你,她都不在了,还怎么见?我说荷花我真不是胡扯,我奶奶很希望我在她生前能搞到媳妇,可我没搞到。荷花说你没搞到是吧,你没搞到你哭呀,你不哭我怎么知道你没搞到呢?虽然你想搞我,我也有可能被你搞到,但你也得哭呀!

我就哭了。哭得厉害,边哭边想我奶奶,泪更多了。

最后荷花劝我,说,好了好了。我还是哭。然后荷花就缓缓地把头靠在我的肩膀上,在我耳边小声说了一句话——荷花说,我跟你一块儿回去给奶奶磕个头吧?我望望荷花,说,真的?荷花点点头。我就一下子抱住荷花。结果,荷花让我抱了。我又顺势捏了一把荷花的某个部位。荷花也让捏了。看样子是真的。

当时别提我有多感动了,内心突然就像烧着了一个小火盆,暖得不得了。就连我曾经无法理解也从未感动过的泥巴土路,我竟有了一种莫名的感动。

走到一大片高高玉米地前,我停住了。荷花说,又咋啦?我说,这块玉米地是我的。荷花说,是你的咋啦?我说,我奶奶可能就葬在这块玉米地中。荷花说,什么叫可能?我说可能就是有可能。荷花说,那我们就进去看看不就知道了。我说好。

结果,我们就钻进了一块玉米地。玉米地里,春暖花开。

天黑以后

> 棉花并不是寡妇，充其量是一个离异的少妇。

说说天黑以后的事吧。

其实要说，天黑以后也没什么事，只是觉得无聊。透顶的无聊。也正是因为这种无聊，才促使我勇敢地再去敲隔壁家，也就是棉花家的门的。注意，是再敲。意思是说，以前敲过。以前为什么敲，先不说，往后看你就晓得了。说说这次。我敲开门，说，棉花，你家的窗户睡觉的时候一定要关好，不然坏人会爬进来的。我说的时候双手还放在棉花眼前一扒一扒的比画，意思是强调那个"爬"。可棉花不领情，还拿盆水泼我。

棉花是个小寡妇，我一直没收拾住她。为什么说是一直呢？因为，和我一样打棉花主意的还有好几个人，列举一下，除了我，即：张三、大李，还有王二。加上我，四个男人一个女人，有竞争。我一直参与着竞争，所以说一直。

四个人中，我觉得最不争气的就是我了。你说就我和棉花住隔壁，近水楼台，多好的机会，都半年了，还没收拾住她，真是匪夷所思。张三说我水平不行，大李说我形象有问题，这都没得说，可能是因素之一。但比较操蛋的是，王二说我是不是有病。我一听就急了。这简直是对一个有所渴望的男人最毁灭性的抨击。我骂，说，你他妈的才有病呢，我有病，我他妈的还给你们打赌吗？

是的，我们有过赌。我们赌的是，在半年时间内，谁先把棉花搞到手，其余的都要从最先者的裤裆下钻一下。实话说，我和张三、大李，还有王二，是那种还算好的朋友，毕业后，混的不行，钱没挣着，女人也没搞着，经常天黑后聚在一起喝喝酒，看看黄片，议论议论原来的女同学。渐渐地，话题有了我隔壁的小寡妇棉花。渐渐地，我们都对寡妇有了浓厚的兴趣。某日的酒后，张三突然对我们说他对付寡妇有一套，不服气不行。大李立马就不服气，说他对付寡妇才真是有一套。结果王二也不服气了，说他对寡妇研究已久。最后我拍着胸脯，就有了这钻裤裆之赌。

在这场赌中，最有可能赢的就是我和张三。我的优势前面都说了，即我和棉花隔壁，近水楼台。张三的优势跟他的职业有关。张三系某报的记者，什么事都干过，什么蹲点、偷拍、偷窥、偷听、翻墙等等，干过都不止一回，都是他自己亲口说的。相比之下，大李和王二的优势就不大明显。此二人无业，整天猫在屋里看黄碟，有时候大李去租，有时候王二去租，时间长了，竟和租碟的老太婆都混熟了，没钱赊着也能租。二人乐此不疲，风雨无阻，整天看得下身都松松垮垮的，没一点儿生机。这倒不是令人担心的。令人担心的是，只怕长此以往，总有一天他们会和租碟的老太婆发生点儿令人难以启齿的事情。

写到这儿该说说棉花了。在说棉花之前，先说个故事：

有位客人到某人家里做客，看见主人家的灶上烟囱是直的，旁边又有很多木材。客人告诉主人说，烟囱要改曲，木材须移去，否则将来可能会有火灾，主人听了没有作任何表示。不久主人家里果然失火，四周的邻居赶紧跑来救火，最后火被扑灭了，于是主人杀猪宰羊，宴请四邻，以酬谢他们救火的功劳，但并没有请当初建议他将木材移走、烟囱改曲的客人。

这个故事忘了在哪儿看的了。我为什么要说这个故事呢？或者说我说这个故事跟棉花有什么关系呢？我还真一下子说不清。我想，你接着往下看就会明白，并深深理解。

某天天黑以后,棉花被人强奸了。强奸者是从棉花家的窗户后爬进去把棉花强奸的,强奸后还把棉花扔出了窗外。好在楼层低,棉花并无大碍。棉花迅速地报了警,警察立即介入此案。据受害人棉花录口供时交代,我,张三、大李,还有王二,嫌疑最大,都曾在天黑以后对受害人有过不同程度的骚扰。其中,前者嫌疑最大,因为他和受害人住隔壁,还经常半夜毫无规律地去敲受害人的门提醒受害人关窗户,曾被受害人摔过门、骂过人、泼过水,前者具备作案环境且恶意报复的可能性最大。前者,即我。

警察问我说,你素质怎么这么低呢?我说不低,大学毕业哩。警察说不低,怎么把人家干了还把人家扔到窗外面了?我说不是我干的,干棉花的另有其人。警察说,另有其人另有其人,你他妈的说多少遍了你说?我说,警察,你骂人?警察说,我他妈的今天就骂了,你怎么着?我说,我没干棉花,你也不能把我怎么着。警察说,我是不能把你怎么着,你就给我老老实实呆上十二个小时,好好想想吧。

事情终于水落石出。强奸棉花的真是另有其人——不是别人——是棉花以前的男人,或者说是前夫,李某。也就是说,棉花并不是寡妇,充其量是一个离异的少妇。从这点来看,我们以前的判断是错误的。不过,对于这篇小说,这不是最重要的。

说说故事的结尾:张三作为报社记者,在警方允许的情况下,独家采访了这起离异少妇遭前夫强奸的强奸案,我作为笔录者有幸得以陪同。大李、王二在门口等着。

张三最先采访了棉花。张三说:棉花,李某为什么要强奸你?

棉花说:可能他混得不行,没钱,又没女人搞。

张三说:你会告他吗?

棉花想了想,说:不会,毕竟夫妻一场。

随后,张三又采访了李某。张三说:李某,你为什么要强奸棉花?

李某说:我这是强奸吗?

张三说:你这是强奸。你在没得到对方同意的前提下,就强制性地和对方发生性关系,就是强奸。你不怕她告你吗?

李某说:告我?不会。就是强奸她也是舒服的呀!

还说天黑以后

> 新娘竟然是我编号为68的小姐。

还说天黑以后的事。

要说,这天的天黑以后,和其他天的天黑以后也没什么区别。若是非要有的话,就是这天天黑以后,我突然想出去玩玩。具体来说,或者主要目的,就是想出去找个小姐玩玩。我没找过小姐,充满好奇。记得以前我在《小小说读者》上看过滕刚的一篇小说,叫《德伯家的宝珠》。小说很有意思。滕刚把认识的女人编上号,然后建立档案,平时没事就对这些女人进行观察研究。我觉得这方法和习惯真是好,可以天天有事干,又观察又研究,是件极有创意极有激情极有内容的事。要是搁我,非把这研究的时间放在天黑以后不可。你想想,天黑以后,闲着没事,观察,研究,多好。可比较操蛋的是,我没有那么多认识的女人,或者说,我认识的女人没一个值得让我观察研究的。所以觉得,我必须出去找小姐。

我决定了,就找小姐。

但我不能确定出去后能否找到。但是你要知道,对

于一件充满不可预见性的事,你要设法建立起信心。譬如我,对这件事很快就建立起了信心。另外,我觉得找小姐的好处就是,你只要给钱,她就会任你观察,任你研究,想观察啥就观察啥,想研究啥就研究啥,这样才容易出成果。具体呢,虽然现在我还不知道自己该观察或研究点儿啥,但我觉得我该找小姐了。为什么这么说呢?刚才说过,我没找过小姐,充满好奇,这是原因之一。之二,就是我所知道的哥们,他们都找过小姐。他们还说,你再不找小姐就没机会了!我没听明白。我搞不懂他们所说的这没机会的依据到底是啥?我考虑的是,现在,只要你肯花钱,咋会没机会找小姐呢?真是越想越不明白。

　　我出来后,首先到的是位于农业路和二环路的立交桥下,听说小姐都爱在这种地方出现。其实,这与我概念中的地方还是有一点差别的。我概念中的地方,是涵洞,就是录像里经常出现的那种,外面是一些小贩,热闹非凡,各自守着自己的摊位。涵洞里面站着小姐,一米远左右一个,挨着,排在洞的两边,有便宜的有贵的,便宜的要么老,要么不好看,贵的大都年轻好看。有时候,年轻好看的也不见得就比老的不好看的贵,在乎你搞价。你搞得好,没准便宜的价也能搞一个年轻好看的。我想,我今天一定要好好搞搞价,争取用便宜的价搞一个年轻好看的。我心潮澎湃地到了一看,妈的,别说是人,连个鬼影都没。我想,妈的逼,该不会小姐们还没上班吧?但又一想,不可能呀;都夜里10点多了,是人都该想床了,小姐们咋还没上班呢?觉得不对劲,就撤了。

　　我拦了一辆出租车。出租车司机问我到哪儿,我说也不到哪儿了,随便转转吧。出租车司机说,也不到哪儿那到底到哪儿呀?我掏出十块钱,我说师傅,就转十块钱的吧。司机说,兄弟,是不是家里出什么事了?我说,你家里才出事了,你看我像有家的人吗?司机就不说话了。司机一不说话,我心里就难受,不得劲。与此同时,我也突然间产生了与人交谈的愿望。我就说,师傅,你知道这儿哪里能找到小姐吗?师傅说,找小姐呀,不早说,随便一个桥下面就能找到。我说,我刚才上车地方那桥下面咋没有呢?司机说,有。我说,有什么有,我刚才看了,连个人影都没。司机说,看来你不经常找小姐呀,起码最近没找过小姐?我说是,我是今天才决定开始找小姐的。司机说,现在找小姐容易多了,随便到一个隐蔽的地方，都能找到。我说，那我咋没见人呢？司机说，现在都不兴直接见人了。我说，这怎么回事？司机说，你再给十块钱，我给你送回去你就明白了。我说凭啥呀？司机说，我还得放空回来，生意不好做，给个油钱。我说行行，那你带我一块儿去。

毫不夸张地说，我到桥下面后，简直是恍然大悟。为什么这么说呢，如实告诉你，我在那司机的指引下，竟在桥洞下面找到了很多照片，每张照片后面都贴有一张打印的小纸条，跟个人履历表差不多，信息有：姓名、民族、年龄、学历、身高、体重、三围、婚姻状况、医院体检健康状况、联系方法、价位等等。司机说，一张照片就是一个小姐。我说，这会不会是骗人的呀？司机说，看你说的，现在生意不好做，小姐也讲诚信服务了。

写到这里，小说该结尾了。补充三个细节：

一、那天晚上，我转遍了郑州所有的桥洞，共收集小姐照片108张。意思是说，我手里现在掌握了108个小姐的详细资料，我把她们从1到108都编上了号，读者朋友如果需要，可以编辑手机短信，不要附加任何内容，联通用户发往1234567，移动用户发往7654321，免费索取资料，每条短信息费1元。

二、一次偶然——也只能说是偶然，不过，哲学分析偶然和必然的辩证关系是，偶然是必然的补充和表现形式，偶然的背后隐藏着必然——这就告诉我们，绝不能轻视偶然。是这样的，简单说就是我去参加一个朋友的婚礼，去了一看，吓得不轻。妈的，新娘竟然是我编号为68的小姐。我心里是忐忑不安。

三、即我通过细节二的启示，下一步的打算就是，利用我手中掌握的资料，为准备结婚的朋友服务。因为某些特殊情况和原因，在这里就不多作解释和说明，需要的朋友可单独与我联系。联系地址，本篇小说责任编辑晓得。

仿 佛

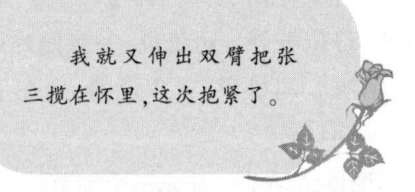

> 我就又伸出双臂把张三揽在怀里,这次抱紧了。

我从来没有见过长得像张三那么丑的妓女。是,这里说的张三是个女的,且为妓女。一听这名字就能感觉到她有多丑。具体说,也是最夺目的,就是她那牙,龅着,把嘴唇撑得老高,感觉像嘴里吃了很多牙。一笑,就不用说了,满脸是牙。也不能做其他表情,做其他表情也是牙。总的来说,她的表情就是牙。我当初的想法是,这样的女人出来卖,有市场吗?但转念一想,又否定了当初的想法,即:能称其为妓女,肯定卖过,也肯定有人买过。于是,我的脑海立即又浮出一组画面,黄色的,即张三被人用被子蒙住头做爱的场面。

我从来没想过后来我与张三会有某种瓜葛。有一天,王小奎突然打电话给我,说,哥们,你不知道,一个妓女跟你做过之后流着泪跟你谈心的那份感动。我说,你开始嫖妓啦?王小奎说开始了。我说是第一次吗?王小奎说是第一次。我说你第一次嫖的妓女叫啥你知道吗?王小奎说知道,叫张三。我说是那个满脸是牙的张三吗?王小奎说是。我说你是不是用被子蒙住她头做的?王小奎惊讶地说,你怎么知道?我说我怎么会知道呢。

我想王小奎第一次嫖妓就找张三的原因肯定简单——是价位便宜,将就了。其实很多混得不行的人都有这想法。我也是其一。我原先的考虑是,我能找个有钱的老婆就好了,老点儿丑点儿无所谓,寡妇离过婚的也无所谓,只要有钱。这样一来,我他妈的就比人家少奋斗三十年。你想想,三十年,多少天呀?一年365天,三十年就是3650天,三十年呢,就是10950天。妈的,等于我比人家多过了1095天的好日子,一个字,爽。事实呢,啥屌也没有。如果我要是去嫖妓的话,很可能也会去选择价位较便宜的张三。

没想到的是,事后很多天,按捺不住的我最终去找了张三。

很多人认为,男人去嫖妓只是单纯地满足生理的需要,其实错了。譬如我,就不是。我最终去找张三主要想跟她谈心,感受一下王小奎说的一个妓女流着泪跟你谈心的那份感动。我觉得这很有意思。我说,张三,咱们开始谈心吧。张三说,你花钱来就是找我谈心?我说是。张三说,我们在床上你有心情谈心吗?我说有。张三说,我把衣服脱光你还想谈心吗?我说我是专门找你谈心的。张三说,那我把衣服脱光咱坐在床上谈心好吗?我说好。张三说,咱谈心之前或之后还做吗?我说不做。张三说,咱光谈心不做那钱怎么算?我说我以后会常来找你谈心的,你给我算便宜点,钱你给记账,谈一次心算做一次,好吗?没想到的是,张三竟爽快地答应了。也就是说,我可以赊账找张三谈心了。

第一次谈心,张三说,我们谈些什么呢?我说你跟王小奎都谈些啥?张三说,王小奎要我给他讲故事,必须把自己最隐私的东西讲出来。我说你跟他讲没?张三说讲了。我说你跟他讲的啥就再跟我讲。张三说,好,是这样的,三年前,也就是我17岁那年,被我隔壁的男人,一个杀猪的屠夫骗去做了一次,之后又做了一次后,就跟他离家出走了,我给他生过一个儿子,结果被他卖了3万块钱,钱被他赌完后,我们又干起了杀猪的本行,即他杀猪我卖肉,但赚的钱极少,从这以后他就开始断断续续打我了,非要我再给他生个儿子,他有时白天打,有时晚上打,打完后还要跟我做,做的时候还要我学猪嗷嗷叫,我真是忍受不了。张三讲到这儿就哭了。我说完了吗?张三说完了。我就伸出双臂把张三揽在怀里,抱了一下,

来说明我,听者或被谈心者内心的感动。

第二次谈心,我说,张三,能说点儿别的吗?张三说,说啥呢?我说随便。张三说,说说我卖肉的时候认识的一个男孩吧?我说好。张三说,那个男孩是个民工,23岁,长得又高又瘦,天天来买肉,天天买肉并不是说他有钱,他没钱,他买的肉很少,只给他母亲吃的,他母亲不是他亲母亲,是他认的一个有残疾的老太太,可怜得很,我每次都多给他很多肉,他很感激我,就经常找我谈心,谈完心后还把我送回家,那一阵子我很开心,忽然有一天,我回去发现那个杀猪的男人死了,像头死猪一样躺在地上,男孩拎着刀站在门口,男孩说是他杀了男人,我就牵着男孩的手低着头哭了,那是我第一次牵男孩的手,也是最后一次,男孩被判了刑,无期。张三讲到这儿又哭了。我说完了吗?张三说完了。我就又伸出双臂把张三揽在怀里,这次抱紧了,来说明我,听者或被谈心者内心的感动。

第三次,我叫了王小奎,我扯着王小奎的手,说,我带你见一个人。王小奎说谁呀?我说张三。王小奎说是那个满脸是牙的张三吗?我说是。王小奎说她有什么好见的,我见过。我说我知道你见过,可你见过死了的张三吗?王小奎一下子停住了,手像被电了一下,挣脱我的手,说,啥?张三死了?我说是。王小奎说,她怎么死的?我说去了你就知道了。王小奎说不说我不去。我说不去我也不说。我们就僵持着。最后,王小奎无助地蹲下,抱住头,自言自语地说,张三在社会主义初级阶段怎么就死了呢?我听后哈哈大笑,直笑得满脸泪水。我也不知道自己怎么就突然感动。

仿仿佛佛

> 我的优点就是比有些人的内心来的真实。

那天我去乡下剃头,路上碰到了王小奎。王小奎问我干啥?我说剃头。王小奎问我为什么到乡下剃头?我说到乡下剃头便宜。王小奎说,不知道乡下剃头的地方有没有小姐?说完,王小奎怕我没明白,又特意强调一下说,也就是鸡?我说我也不知道。王小奎说,如果有的话会不会像剃头一样比县城里便宜一些?我说我真不知道。王小奎说,要不跟你一块儿我也去剃个头?我说随便你。

在路上,王小奎说,我好长时间都没找小姐了。我说像我们这从来没找小姐的咋办?王小奎说,没找过就另一说了。我说,王小奎你找小姐到乡下,档次太低了点儿吧?王小奎说,考虑价位因素,很多混得不行的人都会有这个想法的。我说你还有什么想法?王小奎说我还有想法就是咱赶快去找一家理发店,你剃你的头,我找我的小姐。我说你他妈的真是贱。王小奎朝我嘿笑了一下,说,我他妈是贱,你没见识过,小姐比我还贱呢,我的优点就是比有些人的内心来的真实。

其实王小奎这句话也是有道理的。举个例子,以前一个女同学在看过我的小说后跟我说,你在小说里真流氓。我说流氓你别看。我这样说并不是说我作为个体而听不进关于个体之外的声音,对其真实性,我们都不用怀疑考究,它所表现的现实往往就比我们的内心更加真实。关于内心,其他人的,我不知道。我的,不妨说说。譬如,我想当个地主,有很多16岁的丫鬟;譬如,我想搞个鸡,搞完后,她给我100块钱;譬如,我想开个妓院,生意很棒,搞成了全国连锁。例子真是太多了。我的意思是说,王小奎到乡下理发店找小姐,是有比我们内心更加真实的因素。

我没想到的是,在理发店里,我的头还没剃完,就出事了。

是这样的,我正对给我剃头的姑娘讲笑话时,理发店里突然就蹿进来一拨人,理发店的老板打头,我从镜子里看得清清楚楚。老板二话不说,就把我从椅子上拽了起来,还用绳子绑了我。我说干什么呀你们?老板说,和你一伙儿来的那小子竟然敢摸我闺女。我说你说的是王小奎吗?老板说不管是谁,敢摸我闺女就别想走。我说王小奎人呢?老板说,正挨揍呢。我说能带我去看看吗?老板说我闺女才16岁,看了也饶不了你们。

在另一个理发店里,我看到了王小奎。王小奎被打的样子我就不说了,说说被王小奎摸过的那个所谓的16岁闺女。那个丑呀,我真是没法形容,发育得太完全了,让人只想看看胸部和屁股而把其他地方的肉都省略掉算了。我问王小奎说,你为什么摸人家?王小奎说我以为她是小姐呢。我说你见过这样的小姐吗?老板立刻发话了,说,你什么意思?我说我没什么意思?老板说,你没什么意思那样说是什么意思?我说我真没其他意思。老板说,今天不拿2000块钱,别想走人,我们派出所有的是人。

我想他说派出所有的是人,应该是说派出所有他亲戚吧。

我和理发店老板的对话最终有了结果,即:我回去拿600块钱,别声张了,算了事。理发店老板对"不声张"的解释是,为了他16岁闺女的声誉,还要嫁人的。他们把我放出来的时候,天阴了。整个头上都灰蒙蒙的,像顶了个尿布,只西天角上有一点点亮光,淡淡的,黄黄的,或者说是淡黄淡黄,像是谁家的小屁孩跑那屙了一泡稀屎。我问他们其中一个拿铁锨的说，是不是要下雨了？结果，他没理我。我以为他没听见。又问，说，是不是要下雨了呀？他还是不理我。我感到很没意思，就说，我这就回去给你们拿钱，不就是600块钱吗？说完，我头也不回地走了，感觉自己要多屌有多屌。

大概走了五百多米，我回头看看，他们没追出来。这说明他们没反悔。我就放心了。接着，我开始跑。不跑不行呀！他妈的，不跑我真怕他们反悔。他们这些剃头的人，我算是看透了，竟然可以拿着铁锨和一个打老远从县城跑到乡下剃头的客人对话。客人，即我。

我跑回后，就直奔王小奎家。我对王小奎他妈说，阿姨，快拿600块钱吧，王小奎出事了。他妈说，出什么事了，要这么多钱？我说，今天王小奎骑车到乡下剃头撞人了，16岁的姑娘，撞倒在地上，下面还流了血。他妈说下面都流血啦？我说是呀，下面流血了，鲜红鲜红的血呢。他妈说，你们干吗到乡下剃头呀？我说乡下便宜。他妈说，那我跟你一块儿去看看情况吧？我说不用了，你给600块钱我给人家送去就没事了。他妈说好，并嘱我路上小心。

天黑之前，我骑车赶到了那个理发店。我看到王小奎，就说，王小奎他们没把你怎么样吧？王小奎说没怎么样，快给他钱我们走人吧。我就把那600块钱甩给老板，说，600，一分不少。老板把手指放舌头上一蘸，数了数钱，说，再给50吧。我说，怎么，说话不算数呀，不是说好600吗？王小奎插话说，再给50吧。我说，凭什么，说好600的。王小奎说，你再给50吧，大不了还你。

在路上，我对王小奎说，乡下剃头的是真他妈的扯淡，说话不算话，我发誓再不到乡下剃头了。王小奎在后面嘿嘿地笑，突然把头探到我耳边，小声说，我把她干了一把。我说，你把谁干了一把？王小奎说，那个16岁闺女呀，其实闺女个蛋，就是做那个的，我加50块钱就让我搞了一把。说后，王小奎还回味地嘿嘿笑，竟越来越大起来。我一时说不上话来。最后我大骂说，我操你妈的王小奎，就一把把王小奎从自行车后推了下来，然后加大蹬车力量，在王小奎持续的追赶和骂声中，快速地没了影子。

小偷是怎样成为流氓的

> 我是一个读过书的人,是一个有思想的人。

离开学校到哪里去,这我早就想好了。真的,不骗你。

我想做一个小偷。你想想,现在就业恁困难,毕业生又那么多,岗位又那么少,即使上岗了,应届的又那么一点点钱,不够可怜人的。想想,妈的,真是太残酷了。于是,我就决定做一个小偷,做一个与一般小偷不一样的小偷,或者说是与众不同的小偷。为什么这么说呢,你想想呀,我是一个读过书的人,是一个有思想的人,我能做和一般小偷一样的小偷吗?实话说,我耻于做一般的小偷。做一般的小偷有什么出息?只会害人,偷人家糊口的饭,偷人家下蛋的鸡,偷人家看家的狗,偷人家救命的钱。我想好了,我绝不能这样,绝不。

但具体该怎样呢?要说,目前,理论还没有。

我只能在实践中去摸索,去总结。

我居住的地方是一个都市村庄,叫白庙,也叫白庙社区,大得很,有卖菜的,有卖饭的,有卖烟的,有卖酒的,有卖鱼的,有卖淫的,有炸油条的,有蹬三轮车的,总之,人员复杂,正适合一个小偷居住。我就想呀,我作为一个不一般的小偷,坚决不能偷穷人的,不能偷老人的,不能偷残疾人的,这是我定的三项基本原则。我还想呀,现在就女人的钱和小孩的钱最好挣,挣小孩的钱其实也就是挣他们父母的钱,但作为小偷这个行业,实在不怎么适合。所以,现在最好的办法就是,从女人下手。我又想呀,女人,除了一般的女人,就是女孩,还有妓女,也就是鸡。三者呢,又只有鸡平时身上最有钱,来钱又比较容易。你想想呀,她只要往那一躺,衣服一脱,腿一分,自己也舒服,还能一次100,或者一次200,更或者成千上万的,钱来得快的就像个小型印刷厂印的,实在是太容易了,"无资金,无贷款,自带设备搞生产;不占地,不建房,工作只要一张床;无噪音,无污染,紧要关头小声喊。"我想来想去,就是觉得没有比偷鸡的钱更合适的了。还有就是,我觉得,作为一个小偷,偷鸡的钱,还算道德。

  我的第一个活是在厕所里干的。

  那天,我在白庙前街,也就是挨着社区大门的一个公厕里刚办完事,就瞅见在男女厕所中间的墙上,放着一个包。我猜想呀,这女的一定是在忙,但具体忙什么就不知道了,反正,手都被占住了,不方便提,就放在上面了。可我方便呀。我是一个小偷,干这事最方便。于是,我就轻轻举手,把那包,取下来,接着,提着就走人。走一截我就停了。扯淡的是,我后面竟然没有我期待中的一声声喊叫,一声都没。这未免让我有些失望。

  为什么这么说呢?其实呀,我的目的很明显,就是,我想让那个丢包的女人发现她的包被偷了,并不顾一切地追出来。然后呢,我就把包送过去,并对这个女的说,大姐呀,在厕所里办事再忙,也不能随便把包放在墙上,知道不?万一我是小偷,你十个包也完了!

  我为什么这么说呢?或者说,我为什么这么做呢?原因也很简单,就是我根本就不想偷这个包。前边我都说过,我只偷鸡的,在没弄清楚这个包的主人是个什么样的女人之前,我是不能随便拿走这个包的,这是原则。你想,万一这包是个一般的女人的怎么办?万一,这包是个女孩子的怎么办?那我和一般的小偷还有什么区别?

  问题是,现在没有人喊,也没有人不顾一切地追出来。

  我就犯难了。

没办法,我只好折回去,到女厕门口问。

凡是从女厕所出来的,我见一个问一个,一个都不放过。奇怪的是,她们都说没丢包,也没有被偷包,也没看到谁丢包,也没听说谁包被偷。可我一点儿都不泄气。我还是等,还是问,一直到天黑,一直到厕所不再进去人也不再出来人。这个时候,我开始思想斗争了。我想,要不,这就当我第一个活算了。我又一想,不对,我不能一开始就违背原则。我再一想,要是能在包里找到东西证明这是一个鸡的包,还是可以算我第一个活的。我还一想,要真是鸡的包,我明天就可以休息一天了。

我打开包后,我很失望。简直不是一般的失望,比当时我没听到我期待中的一声声喊叫还要失望。告诉你,包里除了一大把卫生纸外,全是卫生巾,我数了数,足足二十三片。这简直是太让人失望了。我就骂,妈的,这一定是鸡的包,只有鸡用这玩意儿用得最多,经常被人家干,经常血流成河,是得多备点儿。我还骂,说,死鸡、骚鸡、贱鸡。骂过之后,我又觉得没啥意思。我想,今天太荒唐了,把它扔掉算了。想着,我就把包使劲地给扔了——扔进女厕所里了——扔的时候我还想,妈的逼,扔到那里面才好呢!

可刚扔完,我就后悔了。

你想想,扔了多可惜,包是好包,"万里马"的,名牌。卫生巾也是好卫生巾,"月月舒"的,也是名牌。现在扔了,只能当垃圾,只能和这满大街的果皮纸屑烂菜叶一样,污染环境,多不好。如果是这样的话,把名牌包,把名牌卫生巾,都当成垃圾了,那就实在太可惜了。我现在的考虑是,捡回来,留着,将来有用。

我就对着女厕所喊,说,里面有人没?

没人吭声。

我就又对着女厕所喊,说,里面有人没?

还是没人吭声。

我想那肯定是没人了。结果我就进去了。

结果大家可能就猜到了,里面确实有人。可能大家猜不到的就是,那里面竟不止一个人。具体多少,我没看清。只知道,我刚进去,她们就"哇"的一声大喊大叫,说抓流氓了,抓流氓了。我吓得不轻。结果一瞬间就来了很多人,把我包围了起来,有男人女人,有老人小孩,蚂蚁一般。结果还有人主动打了110。结果我就被警察给带走了。结果我就成了流氓了。

我不知道会不会被判刑?这个先不管。

我有一点儿搞不明白的就是,我喊"里面有人没"时,里面为啥没有一个人吭声呢?

想想,真他妈的气人。

小偷是这样成为流氓的

> 我是一个与一般小偷不同的小偷。

我给自己起了个名字,叫张三。我以前叫孙禾。现在我已经是一个叫张三的人了。我还根据街头电线杆上找了个"办证"的小广告,办了一个假身份证,并用这个假身份证办了一个暂住证,都叫张三。我想,这样,我就万无一失了,即使有一天万一我出事了,他们也很难找到我。他们只能去找一个叫张三的人。事实呢,根本就没有张三这个人,所以他们找不到张三,所以他们也很难找到我。

关于我为什么要改名字,说一个事实你就知道了,并深深理解。就是,我是一个小偷。但,我是一个与一般小偷不同的小偷。也可以说是与众不同的小偷。到底怎么个与众不同法,建议你去读读本人的拙作《小偷是怎样变成流氓的》,也是小小说,一读你就明白了。在这里不再多说,免得字数增加,就不成小小说了。反正你记住我是一个小偷就是了。

下面就说说我做小偷后,发生在我身上的另外一个故事。

故事的背景是这样的。在某一个月内,由于我一直没开工,没办法,我只好到处跑。在某一天,我经过文化路科技市场的时候,我就看到了斜对面的一所学校。于是,我就在这个学校里干了一个活。我拿了一个学生的书包。书包里有几本书,一把卫生纸,一个钱包,一个电话号码本。钱包里有身份证,还有100块钱。身份证上说,这个女生叫李桂花,19岁,家庭住址是某某县某某村。意思是说,她和我一样,是从乡下来的。意思还是说,他和我竟是老乡,一个县的。真是扯淡。

这天中午,我拿着那100块钱,经过了好几个餐馆和超市,一直没敢花。不知为什么,我一想花这100块钱的时候,我就想起了我妈。妈妈的妈。这一点儿不足为奇。因为啥呢,因为我妈也是李桂花那个村的人。也就是说,以后我再去我舅舅家,就有可能碰到李桂花,碰到被我偷了100块钱和身份证的李桂花。我越想越不得劲。我越想越觉得对不起我妈。

我决定把100块钱和身份证还给李桂花。

第二天,我就又去了那个学校。我见一个人问一个人,奇怪的是,他们都说不认识李桂花。看来李桂花在学校里不出名。我不喜欢出名的女孩。为什么这么说呢,因为我在学校的时候,就知道,出名的女孩,大都被人搞过,而且可以视出名的程度,断定她被人搞的多寡,越出名,说明被人搞的越多,最出名的,不仅学生搞过,老师也搞过。女生在学校出名算个鸡巴。幸好的是,李桂花在学校不出名,这在我心里很容易就滋生了好感。可李桂花不出名,也给我带来了一点儿小小的麻烦,就是给我找她造成了一定难度。

在我快要失望的时候,我终于碰到了一个认识李桂花的女同学。我说,同学,你认识李桂花吗?她说,李桂花呀,我们一个班的,她回家了。我说,回家了,不可能吧?她说,怎么不可能,昨天她的钱包和身份证被人偷了。我说,就这,也不能就回家呀?她说,被偷了,没钱了,不吃饭啊?我说,也是。她说,也不知是哪个瞎了眼的小偷,偷李桂花的,将来生小孩一定不长屁眼,李桂花多可怜呀!我说,千万别这么说,说不定人家小偷正准备还给她呢?她说,你没病吧,小偷偷了东西还还,那还叫小偷吗?

想想也是。偷了东西还还的小偷,那还叫小偷吗?

可我是与众不同的小偷。所以我一定要还。不还不行。

不还我就想对不起我妈。

我给李桂花宿舍打电话,号码是1234567。我心想,这号码真他妈好记,当我从李桂花的电话本上拨了一个电话那人告诉我,我一下子就记住了,牢牢的。我拨了电话,说,李桂花在吗?电话那边说,你是谁呀?我说,我问你李桂花在吗?电话那边说,你到底是谁呀?我说,管我是谁,我问你李桂花在吗?电话那边厉声说"她不在",就把电话给挂了。我一下蒙了。我付了7毛钱的电话费后,开始生气。我一生气就跑到楼下,仰起头,对准楼上,骂。我说,我操你妈的逼的,你挂我电话!我操你妈的逼的,你挂我电话!骂完,我就跑了。因为我看到从侧面过来两个保安。我想我不跑肯定会被逮住了。

最终呢,我还是被逮住了。

情况是这样的。那天晚上,我听说李桂花回家又来了,我就赶紧去给她送那100块钱和身份证。结果,宿舍的楼管死活不让我进。我说我进去送个东西立马就出来。楼管说不行不行就是不行。妈的逼,我真想跟他们打一架。又怕打不过,他们俩人。没办法,我就跑到宿舍楼后,捡一石头,使劲朝上一扔,就跑了。在我跑的过程中,我就听到哗啦一声。显然是玻璃碎了。我再跑到宿舍门口,就不见了那俩楼管。我就进去了。没想到的是,在宿舍楼里,我一直不太好隐蔽,那么多女生,我再怎么隐蔽,都极其显眼。后来,我就被逮住了。她们非说我是流氓。因为学校前段时间发生过流氓事件。我说我不是。我说我是来找李桂花的。她们就找来李桂花。结果李桂花说不认识我。我说李桂花你怎么可以不认识我呢?李桂花说我本来就不认识你。结果他们就把我送派出所了。

最后需要交代的是,在去派出所的路上,我突然就产生了两个疑惑:一,李桂花的100块钱和身份证我什么时候再还?二,就是到了派出所,我该给他们说,我叫张三,还是叫孙禾呢?想来想去,觉得这都是下篇小小说的事了。

第六辑

新闻小说

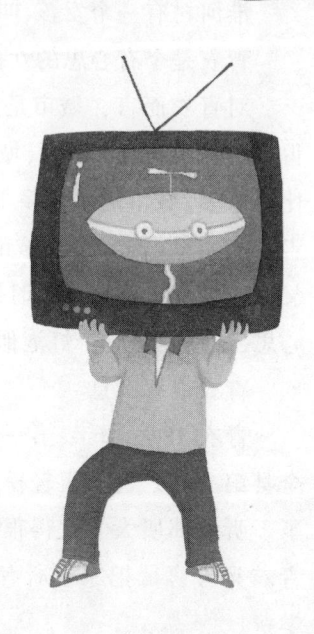

青 衣

> 青衣始终不知道，四年中的每月350块，并非学校所发。

一个村庄，一条河，几十家土坯筑墙茅草覆顶的房子，一大片在河滩干瘪地生长着的玉米，几缕淡宕飘渺的炊烟，一条蜿蜒起伏的土路。那便是淮河村了。

淮河村有一个女孩，叫青衣。

青衣是个有心思的女孩。

对青衣而言，城市是个最诱人的地方了。青衣觉得，城市的灯比乡下亮，城市的路比乡下宽，城市的人比乡下多，城市的水比乡下甜，城市的花比乡下香……青衣能列举很多。反正城市比乡下漂亮。这些都是青衣父母鼓励青衣好好读书时说的。青衣还觉得，有了这些心思，走路时像有个灯泡似的，亮晃晃的。

青衣很有出息。

青衣18岁那年，第一次参加高考就一下子考了个全县第一名。青衣很轻松地就被省城的一所大学录取了。听说那所大学大得很，有河滩玉米地十个那么大。青衣父母喜得把家里所有的牲畜都赶县城里卖了，凑学费。

青衣上学临走那天,村里的父老乡亲都来送她。青衣是小村惟一能有机会成为城里人的女娃。火车站的站台上,黑压压的一片。青衣的父母兄妹也在其中。青衣上了车,脸好几次从车窗里露了出来,湿得几乎像是一张陌生人的脸。车站的广播里最终响起了发车的通知,列车便缓缓地启动,然后把一根根枕木数在身后。青衣朝18岁以后的年龄那头驶去。

青衣于这种出发的记忆是深刻的。

青衣在省城里认认真真地读书,态度好得令人惊异。青衣知道她家太穷,青衣知道有个哥哥就是因为她家太穷而没娶到女人,青衣还害怕见到那一滩常常被河水淹没得半死不活的玉米。青衣觉得自己是一面希望的旗。

可就在青衣来省城读书还不到十天,家中就突然传来噩耗。

比一场大水来得突然。

青衣的父母兄妹在制作花炮的过程中,竟然在一声炮响里全被炸死了。家中房倒屋塌,灰尘袅袅,几片乌黑的瓦砾扑在地上,没有一点儿生机。青衣那个有父母兄妹的家,突然间就没了。

青衣听到这个消息嗓子都哭得不能发声了。

青衣从此变得举目无亲。

学校里的老师和同学都很同情青衣。其实这种不幸在有人烟的地方,几乎天天都有,它成为一种生命轮回后给后人积存的一块最伤的疤。但难得的是,青衣得到了好多人的安慰,甚至还有那些她还未来得及熟悉的同学为她捐助回家路费。看得出,很多人都憎恶不幸。

青衣的生活一下子就跌到了谷底。

当青衣含泪向学校提出退学后,老师和同学都很无奈。可这又是惟一的办法。当老师问青衣日后打算怎么办的时候,没想到坚强的青衣就一下子又哭了。青衣说,我还想上学,我害怕回家。可事实上,青衣又不得不回家。

那些来不及熟悉的同学又迅速地为青衣捐助回家路费。

可转天老师告诉青衣,说其爱人在校报工作,编辑部正需要一个看稿的,每月350块钱,其他的让青衣再想办法。

于是,青衣入学不到十天便成了一名校报的编辑。

学校的校报是半月一张,稿子不多,好长时间没的看。但工资照发,月月350块。编辑部共五人,老赵、老钱、小孙、大李……人人对青衣都很好。青衣有时因课紧不能天天去编辑部,也从来没人找她。就是看稿也十分简单,改改错字,提些意见。青衣一度以为,做编辑真是轻松。

时光飞逝,四年的大学生活一晃就过去了。青衣始终不知道,四年中的每月350块,并非学校所发,而是五名编辑老师从工资里均摊给她。青衣更不知道校报并不需要这样一位看稿的编辑,一切都是为她专门设立的。

四年里,没有人愿意点破这个秘密。

四年里,青衣一直蒙在鼓里。

青衣离校的那天,校报的五位编辑与她合了影。从此,青衣的相片便高高挂在编辑部的墙上。奇怪的是,青衣走了,五位编辑反而觉得空落。到发工资的时候,他们有时还是不自然的就将工资取出一部分,摊在一起。这时他们才谈论一些关于青衣的话题。

没想到的是,又三年后,青衣研究生毕业又回到了学校。青衣成了校报的主编。青衣做的第一件事,就是他们又雇了一名因交不起学费而要中途退学的山里孩子。

生活是玉米

> 德生顿了顿，就突然抱着报纸哭了起来。

这是一个农历八月的早晨。德生像往常一样，一大早起来就去河滩掰玉米去了。可德生刚掰完玉米，就发现天阴了。阴得像一条褶褶皱皱破抹布。德生就有点儿犹豫。德生想，到底今天还去不去赶城呢？去吧，怕下雨，集上人少。不去吧，这玉米已经掰回来了，到明儿不新鲜了就卖不上价钱了。德生就这样扛着玉米犹犹豫豫朝家走去。

德生刚回到家里，德生娘就对德生说，你该给德福送玉米了，德福让顺子捎信说，你上次送的玉米早吃光了，顺便再从坛子里捞一点儿韭菜，里屋木柜上还有个罐头瓶，顺便也给德福带去，德福这孩子最好吃娘腌的韭菜了，估计上次带的也该吃完了。德生应诺，剁完韭菜，就赶紧到橱屋里拿水瓢往锅里添水，煮玉米。

德生爹死得早，是娘一把屎一把尿把德生、德福两兄弟拉扯大的，日子过得一点儿都不容易，一年到头玉米还能吃饱。德生娘到老了的时候偏又百病缠身，长年病卧在床。好在德生孝顺。德生一边卖玉米攒钱供德福

上学,一边伺候娘的起居三餐。德生是淮河村了不起的孩子。

德生把玉米煮好的时候,天已经放晴了。

德生把一切收拾妥当,就背着玉米朝镇里的车站赶去。

德福在县城读高中。从淮河村到县城有将近百里的路程,过了一道河再翻过两道山口就到了。德生每次都是先步行12里到镇里,再从镇里搭车。从镇里到县城,车费是2块钱。可是每次德生都要把车费搞价搞到1块5毛钱才坐。赶上人多的时候,没座位站着,德生只掏1块钱。德生掏钱的时候还总忘不了逗笑着说,又得我两个玉米棒子咧。弄得满车人都知道他是卖玉米的。这时候,他在车上也总能卖出去几个。

德生坐上车的时候,已接近中午了。

德生啃完一个玉米棒的工夫,车就过了淮河桥。

就在车驶进第一道山口的时候,车里突然站起三个人。这三个人头发都染得黄黄的,脸上都明显地留着刀疤。这时,车就像开进了玻璃里,没有了一点声音。德生也怕。德生埋下头,也想装着什么都没看见,可德生不由自主地就把手里的玉米棒子啃得山响。

刀疤们狠狠地盯着德生。

德生不说话。德生想,反正我也没钱,大不了就是这些玉米和一罐咸菜。

没想到的是,刀疤们的目标只是那开车的漂亮女司机。

不一会儿,就有两刀疤上前调逗女司机,还不时的往女司机的胸前摸一把。女司机骂他们流氓。刀疤们嬉笑,手仍往女司机的胸前伸。于是,女司机就拿一磁带盒扔他们。刀疤们把脸一横,就喝令女司机把车停下。

车停下后,两刀疤非拽着女司机,要女司机下去"玩玩"。女司机死活不肯,边哭着边不停地向车内的乘客求救。全车乘客噤若寒蝉,仍像在玻璃里。德生的手握着个玉米棒子,不停地使劲掰着玉米。另一刀疤站在车后一阵一阵舒坦地笑。

就在女司机眼看被拽下车的一刹那,德生腾的一下站了起来。同时,有两个玉米棒子愤怒地向正拽女司机的两刀疤飞去。

可德生还未来得及说话,就被另一刀疤打倒在地,血流了一脸。

女司机最终被拖至山林的草丛中。

很多人眼巴巴地朝山林深处望。

约莫半个时辰后,两刀疤带着衣衫不整的女司机回来了。大家像什么也没看见什么也没发生的一样,仍旧不吱声。令人们惊奇的是,女司机上车后,非要撵德生下车。女司机就一句话,说,你不下去我就不开。

德生生气了,说,你这人咋能这样呢,俺刚才还想救你咧。

女司机说,你救了我吗?你救了我吗?女司机的矢口否认,引得几个乘客偷偷地窃笑。

德生抹了抹嘴角未干的血丝,说,俺可是掏了钱买了票的!

女司机蛮横地说,那也不行,反正你不下车我就不开。

这时,全车刚才还都不吱声的乘客们,却都像刚睡醒一样,齐心协力地"劝"德生下车。都说,赶快下去吧,卖玉米的,我们还有事呢,可耽搁不得。有几位力气大的甚至想上前拖德生下车。德生急了,结结巴巴地说,你们这些人咋都这样呢?

德生最终被刀疤们撵下车,玉米从车窗扔了出来。

随后车就开走了。德生看那车跑得极快,像离弦的箭,把德生远远地抛在了后边。德生望着那车的背影,使劲骂了一句"妈的,活该,再不坐你车了",就背着玉米走了起来。

德生走到德福学校的时候,已是第二天晌午了。

德福从教室里出来,就对德生说,哥,昨天我们那发生了车祸咧。说完就跑回去拿出一张报纸给德生看。报纸上报道说:昨日,淮河口铺山区发生一起特大惨祸,一中巴车摔下山崖,车上司机和17名乘客,无一生还。

德生看完报纸,脸一下子就僵了。

好大一会儿,德生才神经兮兮地对德福说,我们以后不卖玉米了中不中?

德福不知所措,说,那我们家以后吃啥?

德生顿了顿,就突然抱着报纸哭了起来。

德福不知道他哭什么,为什么哭。

血 奶

> 村民们抱起孩子的时候惊奇地发现,女人的个个手指都破了一个小洞。

女人没有名字。女人之所以被称为女人,因为她生了个孩子。

孩子也没有名字。

女人和孩子是淮河村的一个谜。

记得女人刚来淮河村的时候,还是个姑娘,一个于身材、相貌都十分姣好的姑娘。用村里那些粗糙的男人们的话说就是,那女人看着得劲着哩。不过,村里的男人们并没有因为女人的好看而对女人做些什么,尽管他们很愿意多看她几眼。

从女人的外表看,看不出她是做什么的,或者说她能做些什么。一件免皱牛仔裤被洗得发白,紧身的T恤外面套着一件很长的的确良褂子,总敞着怀。女人白天总用一根长竹竿在河里探来探去,晚上则一个人坐在河边,或坝头上,对着河水发呆。有时,女人不该笑的时候也笑,还不时惊恐又半带好奇地偷偷抱抱村里的孩子,直至把孩子吓哭。村里有人说,这女人有些傻,可能是个疯子。后来村里人都这么说。

女人住在村西头靠近河边的河神庙里。

其实说是河神庙,也已经很久没有香火了。淮河年年涨水,村里人都不再信这个,于是年久失修,庙已非庙,显得是破败不堪。五年前,这里还曾住着一个军人,说是勘测水文搜集资料的,庙算是被简单地修葺过一回。1998年,也就是抗洪救灾的时候,军人在这里牺牲了,没人能记住他的名字。半年后女人就来了。

村里人谁也没想过女人和那个军人会有某种瓜葛。

其实,只有女人自己知道,她不傻,也不可能疯。

村里的女人们同情女人也可怜女人,对于女人住在村里的破庙里没说什么。女人对女人总能归于一种迁就。村里男人们觉得女人虽然有些怪异,但人看着确实得劲,于是也一点儿没表示反对。女人就这样很自然地住了下来。

没想到的是,这还不到一年的时间,女人就突然生了个孩子,怎么来说都是令小村人意外和惊奇的。在乡下人眼里,她毕竟是没男人的,没有男人的女人生了孩子,意味着什么?村里的女人们对女人的同情和可怜随即就变成了辱骂,骂女人下贱,骂女人下流,骂女人勾引人家的男人,并边骂着边看紧了自家的男人。男人们私下里,看着女人极度淡漠的模样,虽不敢声张,但也直想攥紧拳头,把哪个下流的、龌龊的家伙砸个稀巴烂。

女人什么也没说。

一天。两天。一月。两月。

女人仍住在破庙里。女人忍受着辱骂,背着孩子,光着脚,敞着怀,继续每天拿着竹竿在河水里认真地探来探去,没有半点儿的假正经。女人是个坚强的女人。

其实,与很多的夜一样,这一夜,和往常没有什么区别。女人几乎习惯了。

也就是在这一夜,女人和孩子都还在沉睡中,小庙在暴雨中突然倒塌了。

一刹那,女人和孩子像坠入没有栅栏的山谷,坠入了黢黑无边的废墟。坠落的过程,女人是惊惧而恐慌的。女人用整个生命保护着孩子。

所幸的是，女人和孩子都没有因此而失去性命。只是，女人和孩子被这倒塌的废墟死死地埋困住了。在这河边上的村野中，女人的呼救是一阵风。

饥寒交迫中，女人把孩子紧紧地埋在怀中，生怕会再有一次令她毛骨悚然的坠落而惊吓到孩子。可是，孩子仍在女人的怀中不停地号啕大哭。女人慌乱地解开衣服，给孩子喂奶。女人这才知道，孩子饿了。

一天一夜后，滴水未进的女人，奶水越来越少。

三天三夜后，吮吸着女人干瘪乳房的孩子，哭声越来越弱。

困境中，女人一点点地陷入绝望。但女人一点儿都不甘心。女人在眼前的废墟中胡乱地挖掘着，期望能在这废墟中找到一点点可为孩子充饥的食物。就在这时，女人的手指突然碰到了一根钉子，一根透出木楔的钉子。女人的浑身猛一激灵。随即，女人用钉子刺破了自己的手指，然后塞进了孩子的嘴里。

一周之后，村民们在清理这片废墟的时候，才想起女人和孩子。

待村民们找到女人和孩子后，令他们惊奇的是，孩子竟然还活着，小嘴仍吮吸着女人的手指。可是，女人已经死去，脸色像棉花一样苍白。就在村民们抱起孩子的时候惊奇地发现，女人的个个手指都破了一个小洞。

女人为孩子献出了十指血奶。

站在废墟中的村民们，捧着一张捡起的军人照片，个个泪流满面。

向左走，向右走

> 魏然把主人的面子像玻璃一样的打碎了。

小时候，魏然有很多的梦，像玻璃一样，透明而尖锐。

可魏然不喜欢玻璃那种碎的感觉。

然而事实上，魏然每长大一点儿，她梦的玻璃也都碎了一点儿。

大学毕业那天，老师对魏然和她的同学说，大学的路走完了，你们也该散开了，该向左走的就向左走，该向右走的就向右走，你们自己选择吧。老师望着他们，目光像兵器。他们心底爆发了最无助的疼痛。

魏然不知道她是该向左走还是该向右走。

但她还是背着包蜗牛一样地走了。

魏然找的第一份工作是在广告公司做文案。做文案工作的，是从早上9点进办公室，一直到下午八九点才可以离开办公室，之间，几乎没有一点儿私人时间和休息时间，中午吃完工作餐，顶多趴在桌子上打个盹。魏然觉得这简直是一种残酷。像战争。

魏然就去和老板争取午休权。起初，同事们都支持

并怂恿魏然去,当老板牛一样拍桌子大骂的时候,魏然被激怒了。其实更让魏然生气的是,当时明明都支持并怂恿魏然去的同事们,这会儿在老板面前反而却责备她,说她不识好歹,说她搞特殊,说她光图享受不图奉献,还说这样刚刚毕业还不安分的学生,用不得。魏然把她那张报告狠狠地摔在地上,大声说:"我不干了还不行吗?"说完,就头也不回地走了。

后来魏然想,当我遇到这些时,我的心里是很难过的。可是,在我们现实的生活里,这样的"难过"很多。"难过也要过",老师说过的。魏然还想,我从来没有在公共汽车上认识过男生,我很想认识,但没认识过。今天,没有工作了,我要坐公共汽车,我要认识个男生,长得像孙红雷。我喜欢这个人。但最后魏然还是一个人下车了。魏然哭了。

魏然找的第二份工作是在家政公司做保姆。

魏然觉得,我堂堂大学生做保姆,虽不属"罕见",但也算得上"稀有",说不定自己这种"打破就业观念"的精神还会成为焦点呢?到时,新闻人物,好奋斗!魏然的心里又闪过一道亮光。比玻璃的透明更接近内心。

令魏然奇怪的是,她刚工作几天,就意外地在主人家拾到两次钱:一次5块,一次10块。魏然都很自然地把钱拾起来放在茶几上。魏然觉得,这主人邋遢,不喜欢。但反过来,魏然又觉得怪怪的。魏然就又把刚放在茶几上的10块改放在沙发腿下面。魏然有自己的小九九。令魏然吃惊的是,魏然竟真的发现了主人去找他"丢"的钱。

于是,魏然第三次拾钱的时候,就把钱直接装在了口袋。

第二天晚上,主人就找魏然谈话。主人说:"魏姑娘呀,你来我们家几天,表现真的很不错。不过,做人嘛,得诚实。你还年轻,路还长,我也愿意再给你一次机会,让你留下来。"魏然说:"你是说那20块钱吧?我已经给你了。"主人一笑,说:"你说什么呀?"魏然说:"你忘了,今天早上8点,楼梯口,你捡了多少钱?"主人一听,竟面红耳赤地发火了。

魏然说,其实事情很简单。早上,我把拾到的20块钱折了几下,又踩了几脚,扔在了楼梯口。你在上班时,看到那20块钱,瞅四下无人,就马上捡起来塞进自己腰包了。魏然咯咯地笑。魏然把主人的面子像玻璃一样的打碎了。然后,她回去一个人坐在床上,开始抱着个热水袋胡思乱想。

魏然又回到了学校。魏然觉得还是老师最好。

老师说，我给你讲个故事吧。魏然说好。

老师说，从前，一个专家做了个关于猴子的实验。

研究人员把五只猴子关在一个笼子里，笼子上方放一串香蕉。研究人员还安装了一个自动装置，若是感应到有猴子要去拿香蕉，马上就会有水喷向笼子，五只猴子都会被淋湿。五只猴子都去尝试了，结果发现都是如此。于是，猴子们便达成了一个共识，就是不要去拿那香蕉，因为有水会喷出来。

后来研究人员把一只猴子换掉，一只新猴子被关了进来。新猴子看到了香蕉，马上就想上去拿，结果被那四只老猴子狠狠揍了一顿。新猴子尝试了几次，都没有拿到香蕉，反而被打得满头疙瘩。当然，这五只猴子也没有再被水喷到。

再后来，研究人员又将另外的一只新猴子替换了笼中的一只老猴子，结果这只新猴子也遭到了同样的毒打，而且先前那只新猴子打得特别用力。

最后，老猴子被一只只换掉，所有的老猴子都换成了新猴子。大家都不敢去动那香蕉，但是它们又都不知道为什么，只知道去动那香蕉就会挨揍。

老师又说，其实你们向左走向右走都会遇到香蕉的。

老师还说，其实遇到香蕉也没什么不好。

我知道我爸爸是谁

> 我从自信的小女孩身上,看到了山区的希望,看到了中国教育的希望。

那天,记者到一个很穷很穷的山区小学采访,写一篇关于希望工程的后续报道。

这所很穷很穷的山区小学是社会力量捐建的,名字也很简单,就叫希望小学。

虽然这小学只有二层12间教室,但放在村子中央却极其精神,极其显眼。

遇到那个很普通的小女孩是在中午的时候,记者看见她垫着石块站在窗前不住地朝教室里瞅,干净的大眼睛里充满了好奇与新鲜。

小女孩还很小,像矮蘑菇一样,正胖乎乎地生长着。她显然还不到上学的年龄。

记者把她从石块上抱下来,摸着她的头,逗她说:

"小姐姐,想我不?"

小女孩有些害羞,红着脸,低扭着头浅浅地笑,露出两排简单而洁白的牙。

记者又说:

"怎么了小姐姐,你不记得我了?我上次来过。对了,我这里面还有你刚才时的照片呢,很漂亮的,真的。"说着记者就很认真地用手指了指自己的相机。

小女孩仍低扭着头,不说话,并拿一双小手来回捏扯着自己那卷起的衣角。

后来小女孩就跟着记者。

小女孩在跟着记者的时候,总是不时偷偷地摸摸记者背在身后的相机。一下。两下。很多下。小女孩只是很小心翼翼地摸一摸。

出于对自己相机的爱护,记者毫无恶意地对小女孩说:

"这东西是我的,你不要乱动。"

小女孩顿了顿,用十分疑惑的表情看着陌生的记者,好半天之后,才小声地用有点儿嗔怪的语调对记者说:

"我知道是你的。"

"那么,你想知道这是干什么用的吗?"记者蹲了下来,握住小女孩的胳膊,望着小女孩,像自己拥有了一件很好的宝贝,可是小女孩没有,而摆出一副很神气很得意的样子跟小女孩说。

小女孩用干净的大眼睛狠狠地抠了记者一眼,突然就使劲地扭动着小身体,小胳膊还一甩一甩的,不让记者握,像记者伤了她多大自尊似的。

过了一会儿,她就发着小脾气厉声说:

"不用你告诉我,我长大了会知道的。"

小女孩的反应令记者感到好玩,但小女孩的回答却很出乎记者的意料。

接着小女孩又机关炮似的咕嘟着小嘴说:

"我知道我爸爸是谁,我知道我妈妈是谁,我知道我哥哥是谁,我知道我妹妹是谁,你知道吗?你也有不知道的。"说完小女孩摇着小辫子摆出满脸的神气,好像自己胜利了一样,又吐舌头又努鼻子的一蹦一回头地跑了。

这时的记者,一句话也说不出来。

奇怪的是,不知怎么搞的,记者回去后,那篇后续报道一直没有写出来。

几天后,省城晚报头版的显著位置刊登了一张大幅黑白照片:

一个头发凌乱的小女孩,踮着小脚尖站在石块上,神情专注地趴在一个教室外的窗前,没有风经过,只有小女孩耳畔琅琅的书声和小女孩那双大眼睛里干净的味道。

照片没有说明,署名摄影是记者。旁边还有记者留下的一句话:

"小女孩是山区的,她也有自己的名字,她也有自己的希望,而我从自信的小女孩身上,就看到了山区的希望,看到了中国教育的希望。"

第七辑

妈妈啊妈

妈妈的爱有几斤

> 我把妈妈抱在怀里，就像小时候妈妈无数次抱我那样。

我认识我妈妈。当然，是在我不傻的时候。

我不傻的时候是什么时候，我已记不清了。我经常说自己不傻。有人就说，傻子当然不说自己傻了。后来，我就觉得这句话是对的。因为，我真的一点儿也记不清我有傻的时候，或者傻的表情。可是，别人都还叫我傻子。于是，我就不喜欢那些叫我傻子的别人。

现在，终于想起我妈妈来了。我很高兴。我在一个很小的小屋里，用白石灰块在墙壁上给妈妈画像。小屋很黑。我很冷。妈妈不会出现。

关于我为什么被妈妈关进小屋里，我想我有必要去认真地回忆一下。

第一，可能很大程度上跟我咬了那个大肚皮男人有关。

那天，我和妈妈一如既往地在俭学街口擦皮鞋，有个大肚皮男人，像个老板，擦过后，说我妈妈擦得不好，只给5毛钱。妈妈说不行。大肚皮男人说不行也得行。妈妈说行行好吧，我们跟要饭的似的。大肚皮男人说，不给。口气强硬的,感觉像他天天吃的是钢筋水泥。我忍不住发话了。我说,你到底给不给?大肚皮男人瞄了瞄我,说,咋了,我看你一个臭擦皮鞋的能日翻天?我恼火了。我一恼火病就发。我病一发手就抖,像个小儿麻痹症患者。大肚皮男人看着我有些怕。但我还是咬他了,咬得他嗷嗷地叫。我说,操你妈的逼的,你可以说我们是擦皮鞋的,但你不能说我们是臭擦皮鞋的。大肚皮男人边点头,边一溜烟地跑了。我很得意。我问妈妈说,我像不像周星驰?妈妈哭笑不得。但妈妈绝大部分的表情趋势还是想哭。不过我一点儿也不理解她为什么想哭。

第二,也有可能与我跟牛大山的儿子打架有关。

本来我不想去打架的。我根本就不会打架。但他还是喊我。牛大山的儿子牛小山对我说,不打不行了,他们竟然敢骂我。我说,他们骂你什么了?牛小山说,他们说干我妈。我说,又不是真干。牛小山说,不真干也不行,要是干你妈你愿意吗?我说,干你妈,怎么说起我来了。牛小山说,干你妈,谁让你说我。我说,我干你妈,干你妈……说着说着,我就操起了一块砖头,往牛小山的脑袋上砸了下去。牛小山基本没有什么反应,腿一抖,就倒下去了。头上,一大摊的红。是血。我吓得不轻,掉头就往家跑。

我真是傻。我跑是跑不掉的。我当时一点儿也没意识到。牛小山在医院缝了十二针。妈妈领我到医院看他的时候,我看见牛小山的脑袋上绑了好几圈白纱布,像电影里受伤的兵,也像我爸爸死时我戴孝时的样子。我对后者比较熟悉。我很惊奇。我问牛小山说,你爸爸也死了?刚说完,妈妈就一巴掌扇了过来,扇得我眼睛直冒星星,扇得我直想骂。我没有骂。骂自己的妈妈,我觉得那是傻子才做的事。就在我这样想着的时候,我听见妈妈骂我了。妈妈一般很少这样骂我的。但这次例外了。我想可能我真是惹妈妈生气了。妈妈骂我说,真是个傻种。骂完后,我看见妈妈的眼泪一滴一滴地往下掉,数也数不清。

那天我们共花了298块钱。我觉得我很对不起妈妈。可我一点儿办法都没有。

我的意思是说,我妈妈近两个月才有可能挣这么多钱。

我的意思还是说,我妈妈需要擦298双相同的或不同的鞋子才有可

能挣这么多钱。

第三,我想也有可能跟我那天做的那个梦有关。

那天的梦,是个小梦。也就是说,我只迷糊了一会儿,没有什么内容,关于爸爸的。我很遗憾。我想接着重做,但怎么也睡不着。我就出去找爸爸。我碰着张三了叫他爸爸,我迎住李四了叫他爸爸,我撞到王五了也叫他爸爸。他们不理我。他们还骂我傻。我想我真是傻了,不然怎么会碰见一个人就叫人家爸爸呢?越想越有可能。真是太可怕了。

说实在的,我真是不喜欢那个小屋。太黑。还冷。

从妈妈病倒的那一天开始,我就想从小屋里逃出来。可我不知道自己怎样才能逃出来。我想撞墙,把墙撞倒,一个大口子也行。可我怎么也撞不倒。我就考虑窗户。我想变成一个蚊子,像孙悟空一样,从窗户上的缝隙里轻易地就飞出去了。可我怎么也变不成蚊子。我接着考虑门。要是能把门打开,我也就可以出去了。我就去开门。我一开门,果真就打开了。原来门根本就没锁。我很失望。

在医院里,妈妈见到我很是吃惊。我对妈妈说,我会照顾你的。妈妈高兴得很,眼睛都在笑。我也好高兴。

在护士给妈妈换床单时,护士叫母亲起来。我就抢先说,妈,你别动,我抱你。于是,我就揽住妈妈,使劲一抱。没想到妈妈竟很轻,我用力过猛,差点儿摔倒。护士说,你是傻子呀,使恁大劲干吗?我没说话。我恨恨的,直想生气。没想到护士竟然也说我是傻子。但,我又不想和她计较。我说,我没想到我妈会这么轻呀。她说,你以为你妈有多重?我说,起码一百斤。她说,你妈这么矮小,别说病成这样,就是年轻力壮的时候,也不到九十斤。我不信。我就问妈妈说,是这样吗?妈妈点头。于是,我的心里的河就忽然沉了块石头。

晚上的时候,我不想回去。我对妈妈说,妈,你把我从小抱到大,让我抱你一回吧。妈妈说,真是傻孩子。我就笑。我把妈妈抱在怀里,就像小时候妈妈无数次抱我那样。这是我第一次抱妈妈。我相信好多人都没抱过妈妈。牛小山就没有。这时候,我觉得我一点儿都不比牛小山那个傻逼傻。

我说,妈,你真还没九十斤呀?妈妈说,是呀。我说,妈,你还不到九十斤,那你爱我有几斤呢?

妈妈没有说话。好长一段时间都没。妈妈闭着眼睛。我以为妈妈睡着了。我就准备把她放到床上去。可是,我忽然看见,有两行泪水,从妈妈的眼里流出。

替我叫一声妈妈

> 我走了后,你们谁听到——都要替我叫一声——妈妈!

那天,大木被抓起来的时候,他终于后悔得哭了。

大木不是为自己哭,大木为他的母亲哭。大木说,自己守寡的母亲就自己这么一个儿子,自己坐了牢,母亲谁来照料呀?大木说到这儿,就捶胸顿足,更是悔不当初,一张脸像泛滥的河。

大木被抓那天,母亲没有哭,只是在大木要被真的带走的时候,母亲突然"扑通"一下给警察们跪着,堵在了门口。

但大木还是被带走了。大木被塞进警车的一刹那,还回头哭嚷着:妈——你没儿子了!这喊声像鞭子一样抽着母亲的心。

大木被带走后,母亲就去看守所看大木。

可每次母亲都看不到。

在看守所的大门外,母亲对看守所的警察说,我想看看我的儿子大木。警察说现在还不能看。母亲说,那啥时候能看呢?警察说再等些时候。母亲就在看守所的高墙外绕啊绕,绕啊绕,泪在看守所的高墙外湿了一地。

结果不到三天,母亲的眼就瞎了。

大木不知道。

瞎了的母亲每天只能在看守所的高墙外摸索着绕啊绕,绕啊绕,天黑了都不晓得。

后来,有人对母亲说,在看守所放风的时候,爬上看守所旁边的小山坡,就可以看见大木了。母亲信以为真。

母亲终于找到了那个小山坡。母亲刚爬上山坡,她就感觉到山坡下有很多人,她坚信儿子大木就在里面。

母亲在山坡上摸索了一块平整的地方坐好,就激动得开始一边哭一边喊道:大木——大木——你在哪儿,妈来看你了!大木——大木——你在哪儿,妈来看你了!……也不知母亲喊了多少遍。

就在母亲流不出泪喊不出声的时候,突然——从山坡下传来一阵喊声——大木跪在人群中,拼命地磕着头,并撕心裂肺地喊着,不停地喊着。

原来,在山坡下放风的大木真的发现了母亲。

母亲一听到大木的声音,就颤抖着站了起来,唤得更勤,一双手摸向远方,平举得像一架飞翔的梯。

母子呼应的场面,让所有在场的人都历历在目,也让所有人的那面心灵之旗,在迷离中昭恒目睹,在泣然中裸露悔恨。

就这样,一天。一天。一月。一月。母亲都准时地在大木放风的时候坐在山坡上,大木也都在山坡下举着手臂对着山坡不停地挥着喊着。大木不知道母亲根本看不见他的挥手,母亲也不知道山坡下的人,哪一个会是她的儿子大木。

大木在看守所被看押了一年后,大木就要被执行枪决了。大木被判的是死刑,缓刑一年。大木即将在一声枪响之后,结束他那曾经因罪恶而不能延续的生命。

大木临赴刑场那天,哭着对同监舍的人说:你们也知道——我妈妈每天都要到对面的小山坡上——呼唤我的名字,风雨无阻——她的眼睛瞎了,听不到我的声音她会哭的,所以我走了后,你们谁听到——都要替我叫一声——妈妈!大木说完后就泪流如柱了。

监友们听后，都点着头哭了。

那是一个风雨交加的晚上，母亲又要到山坡上看大木。所有的人都劝母亲不要去了，可母亲坚持要去，说大木还等着她呢，说见不到她大木会难过的，说见不到她大木会难熬的。于是，母亲就蹒跚进雨中。

路上，雨越下越大。

等母亲艰难地爬上山坡的时候，她的衣服鞋子全湿透了，浑身都水淋淋的。可母亲却无比高兴。母亲整理好雨披，就坐在山坡上开始无限怜爱地喊着：大木——大木——妈又来看你了……大木——大木——妈又来看你了！

母性的喊声在空旷的山坡上无限地回旋着，荡漾着，像一片无际的森林，在肆意吞吐着表情深处泣血的呼吸。

风一直刮，雨一直下。

其实，母亲看不到，山坡下已经没有了她的儿子大木。

其实，母亲看不到，就在此刻，山坡下已有 274 名服役犯正在雨中，勾着头，朝她深深鞠着 90 度的躬。

种 相 片

> 我把妈妈的相片种在这里,我好好浇水、施肥,妈妈不是很快就可以长出来了吗?

老师来了。

"老师真漂亮!"老师来了,小女孩情不自禁地叫了起来。

老师笑笑。老师笑的时候两个脸蛋像开了两朵花,一条大摆裙从腰际滑至脚底,让人有经过闷热之后淋一场雨的快感。

老师讲课前,先检查头天布置的家庭作业。老师在教室里来回走动着,当走到一女孩身旁时,小女孩又突然冒出一句:

"老师,您长得真像我妈妈。"

老师笑着轻轻拍拍小女孩的头说:"真的吗?"

小女孩使劲地点了点头。小女孩感到惬意极了,小女孩已很久没有这种感觉了。小女孩好想投入老师的怀抱,就像投入妈妈怀抱时那样的自然,那样的理所当然。

老师开始上课。

老师的声音很甜很脆,有和风轻拂风铃的感觉。

老师从她带到教室的一摞书上,拿出一个大信封。同学们都惊奇地把目光聚焦在这信封上,想刺破这只有一层纸的秘密。

老师轻轻打开信封,取出一颗黄豆般大小的黑色颗粒。老师说:"这是种子……"

老师的声音很缓,像是被一阵泥土的芬芳托出。

听到种子,小女孩那如种子般圆润充实的眼睛睁得更大了,像有一种灵性,把以往遗落的目光一一拾起而重新集结起来。

"种子种在土里,经过浇水、施肥、除草、捉虫,就可以发芽、开花……"老师讲了很多。

老师的话在小女孩的眼里湿润起来。

放学后,小女孩跑着回家。

打开门。冲进屋里。把书包扔在床上。找钥匙。打开抽屉。翻出日记本。从日记本里倒出一个纸包。打开纸。一层。两层。再打开一层。从里面抖出一张照片。拾起来贴在胸前。

随即,有两颗硕大的泪珠从小女孩的眼里溢出,砸在抽屉里的纸上,飞溅的泪花潮湿了小女孩所有的记忆。

小女孩捂着那张照片独倚在门旁。

突然,小女孩就跑向后院,在一片空地上蹲下,用两只小手狠命地刨泥土。不大一会儿,地上便有一个小坑。小女孩把脏兮兮的小手在腿上蹭了蹭,小心地从怀里取出照片,托了一会儿便笑了。

小女孩把相片放入坑里,小心地填满了泥土。小女孩静坐起来,眼睛痴痴地盯着那个刚填满新土的土坑。她好像在等待着什么。

小女孩趴在那儿睡着了。

小女孩又梦见了老师,长得像她妈妈的老师。

老师抚了抚她的头,问道:"你这是干什么?"

小女孩说:"种相片。"

"种相片?"老师有些疑惑,又说:"谁的相片呀?"

"妈妈的。"小女孩说。

老师笑了,又抚了抚小女孩说:"把相片种起来干什么?"

小女孩说:"我妈妈死了,我很想妈妈,我把妈妈的相片种在这里,我好好浇水、施肥,妈妈不是很快就可以长出来了吗?"

老师哭了。

小女孩弄不明白,忙问老师:"老师您哭了,老师您为什么哭呀?老师您为什么不高兴呢?我很快就可以看见我妈妈了,我妈妈和您长得一样漂亮,真的,不骗您。"说完,小女孩又把她那如种子般圆润充实的眼睛投向老师。

老师一下子拥住小女孩,把脸紧贴在小女孩头上,笑着把两行泪轻轻淌到小女孩脸上。小女孩感到好烫好烫……

突然,电闪。雷鸣。

天哭了。

我说，妈，你真还没九十斤呀？妈妈说，是呀。我说，妈，你还不到九十斤，那你爱我有几斤呢？

妈妈没有说话。好长一段时间都没。妈妈闭着眼睛。我以为妈妈睡着了。我就准备把她放到床上去。可是，我忽然看见，有两行泪水，从妈妈的眼里流出。

第八辑

简单爱情

1998年，爱过爱情

> 对铁山来说，他可能爱过爱情。

那是在1998年，夏天。

洪水像个猛兽。

那是个非常时期，突然降临的水的灾难使很多人泪流满面。我的父母兄妹也身在其中。而奇怪的是，当我躺在病床上，看到电视机里那么多的人喊着相同的口号用身体接成墙堵住洪水的时候，我却不能为再次亲身历练地去见证那种人性的光芒，而在病房里不停地埋怨，继而变成没有克制的大喊大叫。我冲动得像头动物。

我说，我一定要回到老家的。

所以我就回去了。

和我一同回去的还有18岁的新兵铁山。在路上，铁山有好几次都问我说，班长，你受伤了，回到家里不怕你娘心痛？我说，我娘见到我喜还来不及咧。铁山就笑，憨憨的。过了一会儿，铁山又问，班长，你说你娘见到你有多高兴咧？我想了想，笑着说，可能会哭呗。铁山也笑，仍憨憨的。我说，铁山，光说我娘，说，你想你娘不？铁山想了好长时间，才缓缓说，我没娘。铁山接着说，我从小在孤儿院长大,就没见过我娘。铁山又说,不过,我娘长得可漂亮了。铁山还说,我娘真的很漂亮的,我有她年轻时的照片。

我望着铁山没说话。

我望着铁山,又狠狠地说,从今往后,我娘就是你娘!

铁山的眼里立刻充满了感激。

第三天中午,我和铁山就到了我的老家淮河村了。铁山说,班长,你们村真像个水瓢,只要河水一涨过瓢沿,村里就要进水了。我说,就是这个"水瓢"把我养大成人,一切的感恩才有了起色。我又说,铁山,我们一定要堵住这瓢沿,不让水再进村,我娘怕水,很多年了。铁山立马板起脸纠正说,不,是咱娘。我怔了怔,笑。铁山也笑。然后,两双手就紧紧地握了起来。

铁山是在第五天受伤的。

那天,本来该轮到我执勤的,铁山非要替我。铁山说,班长你回来的机会不多,在家里好好陪咱娘说说话。铁山把"咱娘"俩字咬得特重,像是提醒我似的。我说,那往后你也连续两天陪咱娘说话。铁山就笑了。就在那天夜里,河水把村后院的地浸泡得塌了好大面积,倒了十几棵大树,除了几个村民受伤外,铁山的腿也被砸伤了。铁山当时就不能站立了,是好几个村民把他抬回来的。

我把铁山安排在我家里疗伤。照顾铁山的,除了我娘,还有我妹妹玉玲。我娘年纪大,常年卧病在床,只能隔着堂屋从东屋大声地和西屋的铁山说说话,真正能照料铁山的只有我妹妹玉玲。我对我娘和玉玲都说了铁山的身世。我还对玉玲说,你一定要好好的照顾铁山,像照顾你亲哥我一样。我重复了好几遍。玉玲认真地点头。

我好几次回家看铁山,都看见铁山和玉玲在西屋欢快地说笑着。见我去了,玉玲就退了出来。铁山对我说,玉玲对他很好,给他洗衣服,给他换药,还给他擦腿。铁山还动情地说,这个世界上,除了他娘,还没有第二个女的对他这么好过。我黑着脸没说话。我想,铁山这小子一定是喜欢上了我妹妹玉玲。

铁山的腿渐渐痊愈后,每天还得坚持换药观察。

当然,换药观察的仍是玉玲。

终于有一天,我沉不住气了。我怒气冲冲的,狠狠地对铁山说,你小子要敢打我妹妹的主意,看我不毁了你!可这话说出来我就后悔了。这之后的几天,铁山再也没有坚持换药了。玉玲问我怎么回事,我说不知道。我又问玉玲说,你喜欢铁山这小子不?他很穷的,没有爹娘,也没有家,也没有亲戚,是个没有指望的人,不过——他和你哥一样,是个军人。玉玲低着头,始终没有只言片语。

后来,我又对我娘说了这事。我娘才说,其实玉玲已许了婆家,正准备跟我商量年底筹办婚事的事呢。我急了,说,娘,铁山没有娘我一直要他把你叫娘,铁山没有家一直把部队当家,铁山没有亲人我是他惟一的班长,铁山喜欢上了玉玲,我该怎么办?我给娘跪了下来。娘哭了。娘最终同意了。娘也喜欢铁山这孩子。

当我正准备把这消息告诉铁山时,第二次洪峰来了。

也就是在这次洪峰中,铁山牺牲了。

本来铁山的腿痊愈不久,可以不去的,但铁山坚持要去。

铁山第一次没听我的命令。

铁山走之前,还大声对我说,我要挣一枚军功章送给玉玲!铁山说这话的时候我觉得他比我更像军人。其实,我也希望铁山是勇敢的。

铁山终为救三个孩子,被巨浪卷走,他和孩子都没能上来。

在整理铁山的遗物时,我从他胸前的口袋里找到了一张照片。玉玲说,这是他娘年轻时的照片,铁山说跟她长得很像。玉玲说完已泣不成声。我捧着那张被水浸得模模糊糊,破损的边角被糨糊小心翼翼地粘过的照片,看不出哪点儿像玉玲。

但我仍止不住地泪流满面。

对铁山来说,他可能爱过爱情。

比星星更高的是什么

> 然后,草根就把手电筒放到了麦香的衣兜里。麦香觉得,那手电筒刚好装满一衣兜,沉甸甸的,全是幸福。

女孩麦香总是说,爱情是最美丽的了,玫瑰代表爱情,所以比星星更高的,只能是玫瑰。女孩麦香说这话的时候,年龄小得跟蚂蚁似的。小小的女孩麦香喜欢这种拥有和幻想的感觉。

说着说着,女孩麦香就玫瑰花般的长大了。

长大了的女孩麦香和其他花朵一样,一不小心就开放了。

那个秋天,女孩麦香就认识了男孩草根。

男孩草根是个傻乎乎的男孩,不爱说话,很平常的样子。但女孩麦香喜欢。女孩麦香说,就喜欢他那傻乎乎的样子,谁也管不着。

有一天晚上,男孩草根带女孩麦香去镇上一家小餐馆吃饭。在女孩麦香吃饭的时候,男孩草根就坐在女孩麦香对面,看着女孩麦香吃。

女孩麦香吃着吃着,就忽然想起了小时候,奶奶就经常这样坐在她对面,看着她吃。当时奶奶的目光里,含有慈祥和喜爱,让年龄小得跟蚂蚁似的女孩麦香,充

满了被宠爱的感觉。那感觉,只有一个词可以形容:幸福。

于是,女孩麦香就好奇地抬头看男孩草根的眼睛。

女孩麦香发现,在男孩草根那双虽小但很真诚的眼睛里,映着自己苹果般的脸,竟然也是很慈祥的样子。

那一刻,女孩麦香仿佛回到了从前,像小拨浪鼓似的心里面,立马溢满了被爱的快乐。女孩麦香更相信那句话了,爱情是最美丽的,比星星更高。

女孩麦香把饭吃得剩下一半的时候,就实在吃不下去了,就放在了一边。女孩麦香觉得,应该让小小的胃口还留一点儿空间,容玫瑰花的开放。

男孩草根对女孩麦香笑笑,就伸手拿走了女孩麦香吃剩下的那半碗饭,很自然地吃起来。

女孩麦香愣了愣。在女孩麦香的印象中,只有奶奶和父母才吃过她吃剩下的饭,那是只有一家人才可以做得这么自然的事啊。

望着男孩草根傻乎乎吃饭的样子,女孩麦香感觉到了一丁点儿的幸福。

女孩麦香吞吞吐吐地小声对男孩草根说,我是说——你——有一天——会不会娶我——还送我玫瑰？女孩麦香说完,心里面就开始忽上忽下地打起鼓来。

男孩草根仍傻乎乎的吃饭,没说话。

女孩麦香正失望着,男孩草根却忽然抬起头,说,麦香,如果有一天,我们穷得只剩下一碗饭,我一定会让你先吃饱的,真的,我发誓。

女孩麦香惊奇得把眼睛睁得大大的。

女孩麦香想,这真是一个奇怪的誓言耶,可这却是男孩草根对自己许下的惟一誓言呢。想着想着,也不知为什么,女孩麦香却为这个奇怪的誓言哭了。

五年后,女孩麦香就嫁给了男孩草根。

嫁给男孩草根后的女孩麦香就成了麦香。男孩草根也成了草根。

嫁给草根后的麦香有时还是渴望玫瑰。

麦香对草根说,咱们结婚后我的第一个生日,你一定要送我玫瑰,好吗？麦香儿近乞求的眼神，让草根不知所措。

草根望着麦香，仍旧不说话。

麦香有些伤心，她担心草根就根本把她的生日给忘了。

直到麦香生日的那一天，草根一大早就从上班的地方打电话给麦香。草根说，麦香，我知道今天是你生日咧，晚上等我回家，我一定要送你一件礼物，让你高兴高兴。

麦香搁下电话，简直兴奋得要晕倒。她没想到粗心的草根真的记住了她的生日。麦香眼望着窗外的天，一直笑，一双假睫毛都掉了好几次。

剩下的一整天时间里，麦香几乎都在设想着草根的礼物是玫瑰。麦香想，一定的。麦香甚至从厨房的壁柜里找来了一只米黄色的花瓶来，擦了又擦，洗了又洗，并把它放在了家里最显眼的位置。

再剩下的时间里，麦香就静静地想像着玫瑰在花瓶上面盛开的样子。

晚上，麦香终于等到了门铃响。麦香就飞奔到门口。

门打开了，草根站在门外。

令麦香失望的是，草根和往常一样，手里并没有她期待的玫瑰。

麦香仍不死心。麦香用眼睛使劲地搜索草根的身后，麦香期望奇迹能在草根身后藏着。但没有。草根的身后是楼梯，空荡荡的，好像比以往任何时候都要空荡。

麦香的眼泪差点儿都淌了出来。

就在这时候，草根却突然变戏法似的从口袋里掏出了一只精巧的手电筒。手电筒上印有两行小字：亲爱的，谢谢你收容了我这么多年，记住，晚上早点儿回家。

麦香望着草根，心里软软的。

随即，麦香小小的身材，就软在了草根怀里。

草根说，小讨厌，玫瑰不是生活，夜晚楼梯口黑，你下夜班回家的时候这个才可以用得着。然后，草根就把手电筒放到了麦香的衣兜里。麦香觉得，那手电筒刚好装满一衣兜，沉甸甸的，全是幸福。

从那以后麦香才知道，原来比星星更高的，是手电筒。

八哥九妹

> 八哥来到凤凰山下,爬到凤凰树上,把为九妹买的红纱巾系在树上,自己再也没有下来。

九妹要出嫁了。

九妹出嫁那天,下了好大的一场雨。

一场大雨,无非是想选中几个不幸的人儿。

九妹哭了。

细细的九妹。娇娇的九妹。甜甜的九妹。痴痴的九妹。

九妹回头望望凤凰山下的那棵凤凰树,挤出两颗硕大晶莹的泪珠,一颗湮灭了发疯的唢呐,一颗砸痛在八哥的心上。

湮灭的是目光。

砸痛的是八哥和九妹的故事。

八哥九妹总尿湿故事里的开裆裤。八哥九妹总牵着故事跑来跑去。八哥九妹总是故事里玩家家的小伙伴们的爹和娘。

故事老了,八哥九妹也长大了。

八哥在凤凰树下笑着对九妹说,明天我要上学了。

九妹在凤凰树下哭着对八哥说,昨夜我娘死了。

九妹抱着树哭。

八哥抱着九妹哭。

八哥捧回了奖状,八哥捧回了一路上庄稼人的目光。八哥对九妹说,等你上学了也要捧回奖状。九妹点头嗯嗯,把八哥的奖状摸了又摸。八哥领着九妹,八哥九妹把他们的梦都挂在了凤凰树上。

九妹对她爹说,我要上学。

九妹的爹骂九妹,说一个死丫头片子上毬学。

九妹不敢强嘴。

只因九妹是个女儿身,九妹的女儿梦便被系在了自家的老牛身上。

八哥背着书包牵着老牛。

九妹用儿歌抽在老牛身上。

八哥在前挑着担子。

九妹在后把山歌搭在肩上。

当八哥长得跟牛一般结实的时候,一场春耕把八哥从学校里牵回。八哥的梦也被生锈的老犁翻来覆去,埋在了土里。

八哥来到凤凰树下,抱着树哭。

九妹来到凤凰树下,抱着八哥哭。

九妹家的老牛老得不合她爹意的时候,九妹要嫁了。

听说山那边的新郎比老牛还老,只因他家新买了一头小牛。如今那头如八哥一般壮实的小牛卧在了九妹家里,卧在了村里人咻咻的称赞声中,卧在了九妹她爹满意的微笑里。

九妹出嫁那天,老牛流泪了。九妹抱住老牛,把脸紧贴在老牛身上。老牛用粗糙的舌头舔九妹脸上的泪珠。

九妹她爹说,牛是畜生。

九妹不敢强嘴。九妹心里却说,牛是母亲,牛是八哥,牛是女儿,有颗女儿心。

老牛被宰杀了。老牛被宰杀成热气腾腾的大宴的时候,九妹也被发疯的唢呐声抬起了。

村里人打一个饱嗝,抹一把油腻腻的嘴巴,指着湿湿的九妹,说这女

儿没白养，说这女儿——孝敬。

九妹要出嫁了。

九妹出嫁那天，下了好大的一场雨。

一场大雨，无非是想选中几个不幸的人儿。

八哥来到凤凰山下，爬到凤凰树上，把为九妹买的红纱巾系在树上，自己再也没有下来。

憨憨的八哥。涩涩的八哥。亲亲的八哥。傻傻的八哥。

九妹回头望着凤凰山下的那棵凤凰树，九妹笑了。

随着唢呐声的戛然而止，九妹像只新生的火凤凰，缓缓地缓缓地朝凤凰山下飞去。

九妹要栖落在那棵凤凰树上吗？

红红的纱巾飘呀飘，像是轻舔世俗的火舌，又像是涅槃的火凤凰；像是凤凰山的伤口，又像是八哥轻拂九妹那波动的长发……

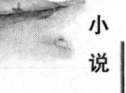

第九辑

那时乡下

寂寞山村

> 刘光贵突然"扑通"一下就泪流满面地给乡亲们跪了下来。

寂寞的淮河村原本就是寂寞的。

寂寞的山,寂寞的人。

这一年的秋天,因为秀子的高考落榜,却使寂寞的小村变得无比骚动。这已经是秀子的第三次落榜了。

其实,秀子不是淮河村的,她是跟她妈从冲外过来的。秀子的后爹是淮河村的,叫刘光贵,乡亲们都好叫他老光棍。

人们传说,秀子和她妈是刘光贵打赌赢的。还说,秀子的亲爹姓李,是村外大埠口岸边一个摆渡的。这人嗜酒如命,在一个下雨天,他和刘光贵在船上都喝得酩酊大醉,于是俩人打赌,刘光贵说你跳下河里肯定上不来了,秀子的爹偏不信,结果他跳下去真的再没有上来。这话传得有鼻子有眼,让人好奇又好笑,问刘光贵他自己,刘光贵只是嘿嘿地笑,一句话也不说。

上高中的秀子一直是刘光贵引以为自豪的。刘光贵逢人便说,俺秀子在冲外学习成绩可是顶呱呱的,连老师们都说,俺秀子考上大学是绝对没问题的,你信不？被问的人连忙点头。刘光贵更是一脸的自豪，走路时连腰也不驼了。

平时也有人问刘光贵，说，老光棍，你就这么忽地一下子就有了个这么大的闺女，高兴不？刘光贵还是嘿嘿地笑，说，高兴，还省了不少事呢。说后又是嘿嘿地笑。也有人打趣地说，秀子可是个丫头片子呀，是赔钱货，再说也不是你的种，攸啥劲？这时刘光贵会立马跟他恼，恶狠狠地说，谁说秀子不是俺的种，跟你说，俺秀子可是考大学的料，赶明儿俺淮河村还指望着俺秀子呢。刘光贵打光棍的时候就硬得很，是愣头青，讨了没趣的时候最好别再惹他。

说实在的，在淮河村，很多人还是希望秀子能够考上大学的，毕竟从未出过大学生的淮河村实在是太寂寞了。

但现实却令所有的人失望。秀子在转入淮河村中学半年后，高考发榜了，秀子竟然榜上无名。刘光贵逢人便说，俺秀子换了环境，还不适应呢，俺秀子在冲外学习成绩可棒了，连老师们都说，俺秀子复读一年，考上大学是绝对没问题的，你信不？被问的人点头。刘光贵仍一脸的自豪。

第二年，刘光贵托人把秀子转入了县城的重点高中县二高，交了一大笔借读费就让秀子插班复读了。遗憾的是，一年后，秀子白白胖胖地从县城回来了，还带回一个跟他年龄相仿穿着很干净的小白脸男生，像城里人。秀子说是她朋友。村里人都一脸的惊奇。结果高考成绩下来，秀子不仅没有考上，成绩还比第一年低30分。刘光贵没有生气，也没有责怪一声秀子。只有一次，那个小白脸男生又打城里来找秀子，刘光贵硬是拿着锄头把小白脸追得老远，吓得他再也没敢来。

刘光贵逢人便说，俺秀子平时学得好，就是一上考场就慌，发挥失常，唉，俺秀子在冲外学习成绩可好了，连老师们都说，俺秀子再复读一年，考上大学是绝对没问题的。说后，刘光贵也不管被问的人脸色如何，陪一阵笑后，就不吭不声地干活去了。

第三年，高考后，秀子一个月没回家。忽然有一天，一辆警车呜呜地开进村里，从车里跳出两个警察，传唤刘光贵到派出所去领秀子。秀子被关在了拘留所里。秀子在县二高附近的一幢民房里和人租房同居。

刘光贵从此见人又矮了半截。

秀子于第二年的春天去了南方。

奇怪的是，此后刘光贵每月都能收到秀子从南方寄回来的钱，少则三百五百，多则就是三千五千，从不间断。与此同时，刘光贵也偶尔听到了许多闲言碎语。久而久之，偶尔的闲言碎语也就招摇得成了疯言蛮语，说那钱来得不正经，说那钱是在床上挣的，说那钱脏得很，说那钱发着也不安心，说发那钱会遭报应的，说发那钱生孩子也不长屁眼……不过说归说，刘光贵家里还是不停地有人来借钱，恰恰还是那些好嚼舌头的人。刘光贵二话也不说，借多少给多少，给过之后立马撵那人走人。

终于有一天，秀子珠光宝气地从南方回来了，惹得淮河村的人放农活休息了大半天。不知怎么搞的，村里人对秀子回来，都表现出出奇的热情，都携老带幼地看望秀子，嘘寒问暖的表情饱含真切。更让人意外的是，凡是来看望的人都表达出来了，让秀子这次走时，无论如何也要把自家的姑娘带上，好让她们见见世面。刘光贵蹲在门外埋着头，一句话也不说，谁也看不出他脸上的表情。

秀子在家住了一个月。

秀子临走那天，全村的男女老少都来欢送，村支书院里的那辆破拖拉机也开出来了，那场面在淮河村几十年都没有过。大家一直把载有秀子的拖拉机送到淮河村村最北头的秃山顶，二百乡亲黑压压地站满了山顶，那气氛充满了喜悦与恐慌，因为大家都知道，那拖拉机里除了秀子外，还有他们自己的亲生女儿。

等到那剧烈地吐着黑烟的拖拉机"突突突突"地绝尘而去的时候，人们才有意识地转身回去。就在这时，刘光贵突然"扑通"一下就泪流满面地给乡亲们跪了下来，让这秃的只剩秋风斜阳的山顶在一阵沉默后又变得骚动起来。老泪纵横的刘光贵双膝跪出了血，乡亲们谁扶他都扶不起来。最后，乡亲们摇摇头就回了，步子很慢，还不时地回望他们留下的，59岁的刘光贵和无比寂寞的秃山顶。

他们都骂，狗日的老光棍病了。

马兰花

> 马兰的母亲却忽然抱住马兰，泪水如流地哭了。

小小的时候，马兰就喜欢一个人远远地躲在一边，看同村的小伙伴们一边跳皮筋，一边快活地唱："马兰花，马兰花，勤劳的人儿在说话，请你马上就开花；马兰花，马兰花，聪明的孩子最听话，请你马上快乐吧。"马兰一点儿也不快乐，看着看着，马兰就感觉自己要流泪了。于是，马兰把头仰起来，眼睛睁得大大的，一眨不眨地看着干净的天空，还有几只没有名字的小鸟。马兰不想让眼泪流出来，村长说好流泪的孩子最没出息。可是，马兰最终还是忍不住把眼泪淌了出来，一张小脸弄得像水洗的苹果一样湿。

马兰是个残疾的小女孩。

马兰是个依靠双拐才能走路的残疾小女孩。

5岁那年，马兰的父亲为哄女儿开心，给女儿编了一个小猫和鱼的故事，没想到故事还没讲完，不懂事的马兰却缠着父亲要起鱼来。当时，是大旱之年，在淮河村，别说是鱼，就连有水的地方都很难找。不过马兰的父亲有办法，他知道邻村的苜水沟里有。苜水沟是个很大的水库，早被地方一个类似地主的大户头承包了起来，因为太大，为防止别人偷鱼，大户头专门从外地请了一批打手看守。就在那夜，马兰还满怀希望的目光等着父亲回来，父亲却被那帮打手打死了。第二天，马兰的父亲被人捞了上来，身体已浮肿且发紫，像条被毒死的鱼。马兰见到父亲也没有哭，只是忽地一下倒在地上，身体不停地抽缩，很冷的样子，偎成一团。之后，马兰大病了一场，病好后就再也不会走路了。

马兰和母亲生活在一起的日子也不是很长。马兰不能走路后，日常起居都需母亲照料。奇怪的是，不能走路的马兰好像对父亲的死没有了一点儿记忆，从未提起过父亲，整天抱着自己的脚掰着脚指头玩，还不时咯咯地笑。可越是这样，马兰的母亲越难过。于是，马兰的母亲就背着马兰出来看同村的小伙伴们跳皮筋，唱还是那首《马兰花》。马兰也唱："马兰花，马兰花，勤劳的人儿在说话，请你马上就开花；马兰花，马兰花，聪明的孩子最听话，请你马上快乐吧。"马兰正唱着唱着，马兰的母亲却忽然抱住马兰，泪水如流地哭了。

回家后，马兰自己准备了一条小皮筋，套在自己的两个大脚趾头上，一只手拿着本小画书，一只手拿着支彩铅笔，她一会儿看看书，一会儿用铅笔点着皮筋，很有节奏，皮筋弹起的幅度跟小伙伴们用脚压下去时是一样的轻松一样的活泼，马兰也边点边唱着那首代表自己整个童年的《马兰花》，从不和外人说话，马兰的母亲也不例外。这样的日子持续了几年，马兰的母亲始终都无法改变。马兰的母亲认定自己的女儿彻底傻了。在一个很寒冷的冬夜，马兰的母亲含泪砍掉了门前的两棵还没长大的槐树，给马兰留下了一对让她刻骨铭心的双拐后，和一个外省的小木匠走了。

出于对饥饿的恐惧，当马兰无助地拄着双拐来到村长家后，村长二话没说就把自己的里屋收拾好，让马兰住了进去。村长家成了马兰的第二个家。村长成了马兰的第二个父亲。

时光荏苒。在马兰18岁那年，马兰高考以总分643分的好成绩列为全省的文科状元。这下小村沸腾了，解放以来从未出过大学生的淮河村立刻变得无比骚动，从乡里到县里，小车一辆接一辆地光顾，村长发动全村的村民列队欢迎，那气势，那兴奋，那骄傲，成为小村人历久弥新的记忆。可是,正当村长安排下一轮的接待任务时,却传来马兰不能被那所重点大学录取的消息,当然是按教育部有关规定马兰有残疾的客观原因。这绝不是空穴来风。这下村长急了,于是率领淮河村八百乡亲泣声一片地向马兰所报考的学校联名上书。那可是八百个手指印呀,像八百只粗俗的眼睛对文明的拭目,像八百只干裂的嘴唇对呼吸的渴求,像八百颗心的石头对希望对道路对远方的悲壮。在那所学校了解到马兰的特殊身世后,遂向教育部打报告请示录取马兰,令人惊喜的是,教育部竟顺利地批准特录了。

小村又沸腾了,小车又是一辆接一辆地光顾,从乡里到县里,村民们更加兴高采烈地列队欢迎。就在马兰开学的前一天,省电视台的也来了,说是要把马兰的故事拍成一个专题片,片面就叫《马兰花》。村长很是激动,心想这下淮河村可要出名了,自己这个村长父亲腰板也该挺硬了。于是,村长就让马兰赶紧回屋里换件漂亮的衣服,自个就先在那试起镜来了。

马兰刚回屋,就听见屋后有《马兰花》的声音:"马兰花,马兰花,勤劳的人儿在说话,请你马上就开花;马兰花,马兰花,聪明的孩子最听话,请你马上快乐吧。"马兰就好奇地趴到后窗看了看,只见几个小朋友正在屋后无忧无虑地跳着小皮筋,神情姿态跟自己小时候看到的没什么两样。马兰不知不觉中就认真地看了很久,直到她听到村长在屋外一声声地叫着"马兰马兰"。马兰心想,逗逗村长父亲,把他急急。于是,马兰就顺便钻进了衣柜里,藏了起来。村长边喊着"马兰"边推门进了里屋,看看四下无人,就气愤地说:"这妮,瘸个腿瞎跑啥?"说后,又"马兰马兰"地带上门出去了。

村长走后,里屋就静了下来,除了可以听到从屋后传来《马兰花》的歌声越来越清晰外,还可以听到从柜子里传出一个女孩嘤嘤的哭声。

泥巴腿腿的快乐生活

> 那年冬天以后，泥巴再也不吃狗肉了。

泥巴的命很贱，以至于连个像样的名字都没有。

泥巴有些傻，是个孤儿，是淮河村的乡亲接济着长大的，三十几岁了还像个孩子。

泥巴最大的嗜好就是玩泥巴。泥巴用泥巴能捏出很多很多出神的小人儿。泥巴捏的小人儿大多是一男一女，泥巴能让小泥巴男女做一些很逼真很微妙很特别的动作，看起来也很是撩人。泥巴还喜欢拿着自己捏的泥男女绘声绘色地讲一个笑话给腿腿听。那笑话泥巴都讲几百遍了。

腿腿是一条狗，一条三条腿的狗。腿腿的另一条腿让泥巴给吃了。那年冬天，下着很大的雪，泥巴和腿腿三天三夜都没吃一点儿东西，在泥巴饿得红了眼睛的时候，就拿刀砍了腿腿的一条腿，用火随便烤烤就吃了。泥巴边吃边流着眼泪，吃剩的骨头扔给了腿腿。那年冬天腿腿的一条腿救活了两条命。那年冬天以后，泥巴再也不吃狗肉了。

泥巴对腿腿讲：我把一个大姑娘领到我屋里，关上门,然后我把大姑娘抱到床上,然后我用盖覆(被子)把大姑娘盖住,然后我钻进盖窝里,你说,我接着会做啥?腿腿望着泥巴,象征性地"汪汪汪"了几声,算是自己很积极的回答。泥巴佯装很生气的样子,朝腿腿屁股就是一脚,骂道:你妈的逼,昨儿才给你讲的,今儿就"忘忘忘",我叫你忘。说着朝腿腿屁股又是一脚。踢完后,又"嘿嘿哈哈"地扯着腿腿的耳朵,激动地对腿腿说:我钻进盖窝后对大姑娘说——你看,我的手表是夜光的哩!说完泥巴就笑得一边捂着肚子,一边在腿腿的屁股上不住地拍,还一边不停地说:哎哟,舒服惨了!舒服惨了!

泥巴和腿腿对生活就是这么热情。

泥巴每天一大早就领着腿腿沿村讨饭。村民们可怜泥巴腿腿,也不在乎那两个馒头一碗稀饭。泥巴要的也不多,只要够自己吃就行了,临走也不忘给腿腿捎上一个馒头半个窝头什么的。回去后,泥巴就把馒头窝头什么的放在辣椒水里一蘸,再一蘸,然后扔给腿腿吃。腿腿一口咬住就往肚里吞,刚吞到一半,就"高儿高儿"地叫着吐出来,辣得它头不停地甩,眼泪都流了出来,过一会儿又一口吞下去。泥巴看着很是兴奋,笑得几乎背过去了气,眼泪鼻涕也一把一把兴奋地甩。泥巴每次这样都乐此不疲,有时候是盐水,有时候是白酒,把一个人的日子过得热闹无比。

泥巴和腿腿整天都无忧无虑没有一点儿心事。

泥巴走到哪儿,腿腿一瘸一拐地跟到哪儿。腿腿走累了时候,泥巴就背着。泥巴走累的时候,就带着腿腿跑到福生家门口,疯子般使劲地嚷着叫福生:福生,福生,你吃狗屎不?每叫一遍就往福生家里扔一块泥巴。福生家没反应。泥巴觉得不过瘾,又接着嚷:福生,福生,你靠狗逼不?泥巴还是扔泥巴。福生家里仍没反应。泥巴还想再说一点儿什么,可他只知道这么多。

福生是一个不到两岁的小孩子,还不会走路。泥巴总喜欢抢福生手里吃的东西,抢过来就让腿腿叼着,等福生"哇哇"大哭的时候,泥巴又把东西从腿腿嘴里抢过来还给福生,然后叫一声腿腿,就使劲地拍着腿腿的头骂腿腿:你狗日的饿瞎了眼睛呀,小孩的东西你也抢。腿腿昂着头糊里糊涂地"坐"在那一巴掌一巴掌地挨着,虽感到莫名其妙,但看到

泥巴严肃的表情,还是吓得一声也不敢吭。福生也感到莫名其妙,睁大眼睛好奇地看着,口水流得老长。泥巴见福生不哭了,替福生抹了一把脸上的泪,就嘿嘿嘿嘿地笑着走了。福生仍扭着胖乎乎的大头莫名其妙地望着,眼睛一眨不眨的。

泥巴最讨厌吃红薯。吃了红薯屁多。但有时候他们只能要到红薯,淮河村四面环山,只产红薯,泥巴也没办法。腿腿吃了红薯后,那屁也是接二连三一个劲地放,又响又难闻。泥巴实在烦了,就捂着鼻子对腿腿骂道:你妈的逼,再放狗屁就把你那狗屁眼塞了!腿腿听了,就吓得憋着不敢放了。但过了一会儿,又是接二连三的。其实,泥巴也放,不过泥巴喜欢放大的。泥巴把所有的屁都憋着,憋在肚子里,等肚子里的屁憋满了实在憋不住了,再放,特响。泥巴放的时候,轰轰隆隆的,他总高兴,于是,他一边放还一边跑,还一边大声地叫着嚷着:恐怖分子来了!恐怖分子来了!

每到秋天,泥巴和腿腿就不用再吃红薯了。因为每到秋天,村里人都忙于上山干活,没人看家,只要泥巴和腿腿能负责村里的牲口和孩子的安全,村民们就轮流管他们饭。泥巴和腿腿也有分工,泥巴负责在全村转悠,腿腿负责照看孩子。虽说腿腿只是一条狗,但它确实能照看孩子,腿腿可以咬着奶瓶喂奶给孩子喝,还可以"汪汪汪"地"唱歌"给孩子听。村里人都夸腿腿聪明。别说也怪,只要是在腿腿照看孩子的时间里,没有一个孩子会哭的。

这年秋天的一个午后,泥巴拿着柴刀照例在村子里转悠。就在泥巴转悠到福生家门口时,突然听到里面传来孩子嘶哑的哭叫声。泥巴就直冲到福生家里,打开房门一看,发现到处是血,床上也是血,福生不见了,腿腿蹲在床边,满口也是血。泥巴看见这种情形,以为是腿腿狗性发作,把孩子吃掉,不由分说,哭嚷着"妈的逼妈的逼"拿起柴刀向着狗头就是一劈。就在腿腿"高儿"的一声惨叫之后,泥巴突然听到了福生的声音。不一会儿,就见福生从床下爬了出来。泥巴抱起福生,左瞅瞅右瞅瞅,虽然福生身上有血,但并未受伤。就在泥巴红着眼低头再看腿腿的时候,泥巴发现腿腿的一条腿上没有了肉,还发现了那只嘴里紧咬着腿腿的狼……

泥巴哆哆嗦嗦地哭了。

村民们晚上下山回来,都听说泥巴和腿腿死了。还有一只狼。

在福生家里,只见福生的爹抱着福生满脸泪水,夹烟的手也哆哆嗦嗦的总放不到嘴上。

娘说他属蛇

> 他二叔在院子里死了,身上还缠着一条碗口粗的大蛇。

那年他还小。

还小的他就属蛇。娘是这么说的。

于是他就哭,问娘是不是将来自己就会变成一条蛇。

娘说,不会。

他不信,还是哭。

娘没法,说,你会是一条好蛇的。

他说,蛇最毒了,咋会有好蛇呢?

有的。娘的泪淌了一脸。

他信了,仍偷偷地哭。

哭着哭着他就慢慢地长大了一点儿。他还是属蛇。

那天,在鱼塘里,当一颗碗口粗的蛇头向他游来的时候,他却没有怕,不是因为二叔站在岸上。

那蛇见了二叔,好像挺怕,把身子紧紧绕在了他的双腿上。

你狗日的腿上怎么有一条蛇,快上来,快上来我打死它。蛇太大了,二叔看得很真切。

二叔,这蛇通人性,不咬人的。他抚着蛇头说。

你他妈的,快上来,这大蛇可卖价了。快上来,等老子下去,同你一块儿掐死。二叔眼睛圆瞪着,闪着恨恨的光芒。

他望望蛇大大的肚子,想起了自己的娘。他站在水里一动不动。

二叔弯腰挽起了裤腿。

他双手一下把蛇抱在怀里。同时,他觉得蛇也在往自己怀里钻。

他眼泪汪汪地看着二叔,嘴里不住地说,求二叔不要杀它,不要杀它。

二叔朝他的方向趟来……

他猛地一下醒来了,原来是一场梦。

他一看自己抱着的是二叔的腿,二叔正吭哧吭哧地在自己娘的身上来回蠕动,娘在小声低泣着。

他想他爹,就呜呜地哭了。

他的爷爷有两个儿子,一个是他爹,一个便是二叔。

他爷爷和奶奶在他还没有出世便死了,二叔也是在他家长大的。

他本来还有一个哥哥和姐姐的。

他爷爷临死前嘱咐他爹一定要把二叔养大成人,在闹饥荒的那个年代,他的哥哥便饿死了。

他6岁的时候,也就是他姐姐8岁的时候,在一个夜里,他姐姐对他说,二叔他亲我,还摸我。

他不懂,说二叔疼你。

他姐姐也不懂,但知道二叔反正不是疼她。

他姐姐死的时候,烂躺在后山上,裤子撕得稀巴烂,二叔说是让狼给咬死的。他爹用席子把他姐姐卷起来,埋了。

听二叔说,他爹也是被那条狼给咬死的……

瞎鸡巴哼啥,再哼老子劈了你,惹火了用蛇咬死你个狗杂种。二叔狠狠地对他吼道。

他娘穿起衣裳,用袖子拭了拭眼泪,拿手捅了捅他。

他不哭了。他最听娘的话,他也最怕二叔说用蛇咬他。他扑在了娘怀里。

二叔下床,提起裤子后,用手指狠狠点着他娘的头说,不老实,瘾来了再整你个骚货。说完便挤出门外。

他和娘抱在一起哭。

哭了一会儿,他抬头说,娘,我梦见了蛇,那蛇不咬人。

娘拍了拍他的头说,傻孩子,蛇最毒了,咋不咬人呢。

他说,真的。

他和他娘醒来的时候,天已大亮了。

他打开门,就突然嚷着要他娘来看。

他二叔在院子里死了,身上还缠着一条碗口粗的大蛇。

他抱紧了娘,涩涩地说,蛇死了。

娘没说话。

山　阴

> 憨二跑回家抱出从工地里带回的炸药。

狗日的憨二该死.

村长搞他女人告他便是了,干吗要杀死村长和自己的女人。

村长原先不是村长,村长的种在县里当了个小官便成了村长。村长都五六十的人了,还像个大小伙子。村长的女人死得早,要不村长也不止一个种。

憨二从工地回来的时候,天快黑了,憨二到家便直挺挺地躺在了床上。泡在工地一个多月,人整个蜕了层皮。这时憨二婆娘从碾场掐着一把麦秸回来,看见憨二便说,回来了,饭焖一把就好。憨二说把柴火放那你来一下。憨二婆娘放下柴火拍了拍身上的灰,说又不想在那搞了？憨二猛地一下抱住了自己的婆娘,说我就想搞你。憨二干那事像头牛,憨二婆娘也不怕。憨二婆娘一把推开了憨二,说娃马上就回来了,就去厨屋烧锅去了。

你早该为娃拾掇个小床,三个人在一张床上挤来挤去。憨二婆娘在厨屋里唠叨着。

憨二琢磨也是,娃大了也该单独有个床,再说自己

夜里和婆娘干那事大气都不敢出,娃听到了还问这问那的。憨二说明儿我就去赶集买料。

看你个憨熊样,后山的树都偷完了,你不能去弄一棵。憨二婆娘骂道。

憨二被抓到派出所是一个月后的一天,上面追究后山的树是谁偷的,村长报了憨二。

所长问憨二还有谁偷了树。

憨二说我不晓得。

所长说交代一个就放了你。

憨二说放也不晓得。憨二把头昂得老高。

结果所长什么也没问出来。

当时,憨二婆娘听说憨二被抓走了,就把锄头扔到田埂上,从自留地里一路小跑回去了。憨二婆娘回到村里,就去求村长。

憨二婆娘说我求你放了憨二吧?

村长说他违了法是要受处分的,不是说放就能放的,懂吗?

憨二婆娘似懂非懂地点了点头。

憨二婆娘知道村长说的都是对的。

憨二婆娘又说是不是坐牢呀?

村长说差不多。

憨二婆娘耷拉着脸,便回去为憨二准备衣服家什。

第二天村长到憨二家,看见憨二婆娘正在家门口筛豆子。其实村长早就在打憨二婆娘的主意,村长一见憨二婆娘胯裆就发痒。村长见憨二婆娘筛豆子时两个大奶子忽悠忽悠地晃动,村长就受不了了。村长从憨二婆娘的背后一把抱住了憨二婆娘,双手抓住那两个奶子又是揉又是搓的。

憨二婆娘见是村长,便说村长你干啥呀,我有男人的。

村长说我早就想你。

憨二婆娘说你咋能这样呢。

村长说只要你依了我,我就放憨二,还说要树我屋里多得是。

憨二婆娘说你真的放憨二?

村长又使劲捏了捏奶子,说村长还说瞎话吗!

憨二婆娘知道村长最有能耐。

村长抱起憨二婆娘,朝憨二的茅草屋里挤去,于是憨二用偷来的那棵树做的小木床便吱扭吱扭地响了起来……

憨二真憨,明明是别人报了自己,还说是自己倒霉。派出所把憨二拘留了十五天后,说罚500块钱,就把憨二放了。

憨二回家筹钱不见自己的婆娘,便问娃你娘哩?

娃说娘在村长家里。

憨二说鸡巴黑更半夜的在村长家干啥?

娃说你走后娘每晚都在村长家睡,娘说不让我告诉你。

憨二骂了句骚婆娘,便像头牛一样朝村长家冲去。

憨二并不憨。憨二爬上了村长房后的一棵大树上,憨二知道村长就睡在楼上。憨二从窗口正好看到村长正在扒一个女人的裤子,那女人并没有反抗,并配合着解村长的衣裳。憨二认出那女人就是自己的婆娘,化成灰也认得。憨二又骂了句骚婆娘便溜下了树。

憨二跑回家抱出从工地里带回的炸药。

接着村长的小洋楼便飞了天。憨二也被那一股热浪从树上掀了下来,摔死了。

村民们知道村长、憨二死了,却不知道憨二婆娘搞哪儿去了。有人说她跟一个野男人跑了。有人说是投河自杀了……反正现在不在村里。

村民们说狗日的憨二该死。

村民们知道村长做什么都是对的。

七　爷

> 穷人很少能把舒心日子过长久的。

　　七爷一辈子没娶到女人。关于七爷没娶到女人有两种说法：一是七爷样子丑陋，体瘦如柴，背还有些驼，一张脸长得像鞋底，而且疙疙瘩瘩的，像缝满了补丁；二是七爷家太穷，两间土坯房空得像水缸，一张木板床，一口小黑铁锅，而且连个盖子也没有，屋墙根四周老鼠洞不少，但却很少见老鼠。于是都说，谁也不愿意嫁给一个又穷又丑的男人，过不了舒心日子。不过我一直觉得七爷是个人物。

　　七爷住在村西头。那时我们一群毛孩儿不懂事，总好呼啦啦的一群跑到七爷家门口，朝正在专注地刷他那口小黑铁锅的七爷"七杆子，七杆子"地乱喊一通。那时我们乡下把没娶到女人的男人，都叫光杆子。其实按辈分排，我们都应该管七爷叫爷，可我记不清有谁认认真真的这么去喊过。每次都一样，七爷见我们这捣蛋的一群，一边把剩在铁锅里的刷锅水朝我们泼来，一边假装生气地骂道：你们这群龟孙，邪得尻蝎子，小心把你们的小鸡巴用菜刀割下来喂狗。而泥鳅一样的我们，早已一阵风似的逃跑了,他那一点儿刷锅水,只能泼湿他门前的一块小地。

听七爷说,他也过过一段舒心的日子。

可七爷又说,穷人很少能把舒心日子过长久的。

那年,大旱,七爷在淮河滩里,他七天七夜,背出一个老乞丐,又七天七夜,喂水喂饭把他救活。老乞丐走后,给七爷留下了40块银圆。当时40块银圆是什么概念?几乎能买下淮河村里的百亩良田。七爷用那40块银圆,买了两匹马和六十只山羊,在淮河滩上过起了舒心的生活。

这天,天气晴朗,几朵羊尾巴状的云,极不规律地贴在天空上,像七爷脸上那几块难看的疤。七爷悠闲地在河滩上数着自己的羊。突然,七爷就远远看见从河滩深处跑上来一个人。那人直朝七爷奔来,刚跑到七爷面前,还未来得及张口说话,就一下子栽倒在地上,手里拿的盒子枪也一下子甩出老远。七爷见此人黑不溜秋的,身上有刀伤有枪伤,奄奄一息的样子,装扮得有点儿像军人。七爷就叫他黑军。

黑军在七爷家住了整整十天,伤基本就痊愈了。黑军要走。七爷说,走就走呗,鸡巴大老爷们,长两条腿就走路的,窝在家会成啥?黑军就走了。走时,七爷送他一匹马。黑军牵着马望着七爷,极度感激的样子。最终黑军给七爷磕了一个响亮的头后,就跨上了马。七爷站在河滩上,把黑军望得没了踪影,才回屋。七爷继续过自己的日子。

几个月后,七爷又同样在河滩里救出一个面黄肌瘦的小个子军人,七爷叫他黄军。黄军的腰里也别着个盒子枪,铮亮铮亮的,显得很威风。黄军走时,七爷也送给他一匹马。黄军除了给七爷磕了一个响亮的头外,还留下了他那把铮亮铮亮的盒子枪。

这两件事过后,七爷就有了一种预感,是那种让人不踏实又忐忑不安的预感。一个月后,一场大水,卷走了七爷的那六十只羊,终为七爷的那种预感和舒心生活画上了句点。

七爷带着那把盒子枪离开淮河村后,淮河村出现了很多关于七爷真真假假的传闻。有人说七爷跟着老蒋打仗打出了名堂,当了大官,娶了个京城的女人,整天挎着盒子枪来来去去,后边跟着一群伺候的勤务兵,好不神气。后来七爷随老蒋去了台湾,七爷更是如日中

天，而且还当了什么什么部长之类的等等。这种传闻在七爷未回来之前，是越传越神。

后来听七爷说，他凭那把盒子枪找到了那个他救过的小个子黄军。黄军对七爷很好，整天大鱼大肉的，还有成坛的米酒。七爷吃完肉喝完酒，黄军就拿出一张人像让七爷认。那人像七爷眼熟，大胡茬黑脑袋，分明就是黑军。七爷对黄军说认识。七爷说认识的时候他啥也不明白，更不明白黄军为啥非热情地留他住下来。

说来也巧，年节的时候七爷真的在街上遇到了黑军。黑军也瞅见了七爷。俩人见面后，都激动得不得了。黑军刚给七爷磕完头，还没说上半句话，就忽然拽着七爷跑了起来。七爷边跑边回头，糊里糊涂的。七爷看到后面的黄军带着几个端枪的兵朝他们追来，七爷就有些害怕。随后，七爷就莫名其妙的随黑军跑。

跑了好一阵，黑军突然停下来，对七爷说，你在前面跑吧，我跟他们拼了。黑军说完刚转到七爷背后，一颗子弹就打进了他的后脑勺。黑军倒下了，重重的身体砸在地上，冒起好高的灰烟。

七爷吓得腿肚子抽了筋，再也挪不开脚。七爷就被五花大绑了。七爷再没见黄军。一个月后，七爷才放出来。从此，七爷回到淮河村后再也没有出去过，连淮河滩也很少去。

前年夏天，我回乡探亲，听母亲说七爷死了。母亲还说，七爷死那天，跑前跑后也来了不少帮忙的，可就是没拿沓火纸的，也没有为七爷哭丧的，孤孤零零一个人，总让人觉得怪可怜的。

那天，我沿着七爷的那两间土坯房转了一圈。我发现，七爷那两间土坯房的墙根下，和我当年看到他那土坯房的墙根一样，老鼠洞依然是那么多。我又忽然想起了七爷说的——穷人很少能把舒心日子过长久的。

这话铁一样锈在我的记忆里。

村长卖驴

> 望着泪流满面的孬蛋和在床上不能动弹的孬蛋他爹,狗剩心如刀绞。

在淮河村,村民们最怕的就是下雨。恰巧的是,这几年雨水又多。于是淮河村是年年受灾,大涨大灾,小涨小灾。现在,村子里的年轻人能出去的都出去了,只剩下了老人和孩子。村长狗剩还在村民外出务工动员大会上怂恿大家说,能出去的就出去吧,外面的钱比家里好挣着咧,大家都挣足了再回来。村民们都激动地拍掌,一张张手拍得像红鸡爪。

别说自从狗剩鼓励村民外出务工后,村民们的生活还真是一年比一年好。用村里人自己的话说就是,村里那几亩滩地确实指望不得,出去了虽说苦点累点,但能见钱,每年少说弄个三千五千的,不愁过日子。仅去年,村里三德子家开回了四轮手扶,平贵家抱回了彩电,双久家也骑回了摩托车,没添什么大家伙的户头日子也都过得有板有眼。为此,村长狗剩在乡里的年终工作总结大会上受到了乡长的点名表扬。

乡长说,淮河村这几年在狗剩的带领下,面对灾情积极响应,在没有接受政府救济的情况下,连续三年出

色完成了乡里的统筹提留任务,准时准量,这样不但减轻了政府负担,还闯出了农民致富的新路子,经研究决定授予淮河村勤劳致富模范村,全乡基层干部都要向狗剩同志学习,好同志嘛。乡长说完,就带头鼓起了掌。随后掌声洪水一样。

会后,狗剩找到乡长。狗剩说,乡长,我不想干了。

乡长笑着对狗剩说,看看看,刚还表扬你哪,你是乡里的典型,还准备评你为劳模呢,哪有说不干就不干的道理,这可是不负责任和违背原则的,以后可不许再有这种想法,有困难就反映出来嘛,不是还有政府吗?没有解决不了的问题。

狗剩顿了顿,说,还是前两年跟您说的事,就是俺村的孬蛋家,您看他家的统筹提留就免了吧?他家确实比较困难。

乡长说,具体问题可以具体解决嘛,但原则一定不能丢,这统筹提留可是国家收的,不是我们说免就能免的,我们可没有那么大的权利,但我们可以帮帮他们,孬蛋家的困难政府也是理解的,但政府的困难也要理解嘛,想想办法,这几年你不也解决了吗?

狗剩说,我都替他家垫三年了。

乡长沉下脸,说,你怎么可以这样做呢,你这样做不是让他们逃避公民责任吗?再说,时间长了不也助长他们的侥幸心理吗?这是个严重的工作方法问题,你要好好检讨检讨,淮河村可是我们乡的模范村,不要因为孬蛋一家影响到全村人民的荣誉,你要掂量出轻重来,知道吗?

狗剩急着说,不是您让我先垫着完成任务树个典型吗?可孬蛋家真是困难户呀,孬蛋爹瘫痪,孬蛋还小,又没娘,河一涨水,没一点儿收成,家里除了有一头驴,就是四面墙,不是村民接济着,真过不了日子。

乡长有些不耐烦,说,领导干部嘛,要有领导干部的工作作风,不是还有一头驴吗?至于困难,再具体解决困难嘛。乡长说完就摇着头走了,不再搭理狗剩。

狗剩站在原地,呆若木鸡。

这年秋天,村里的统筹提留又只剩孬蛋家没交。狗剩好几次走到孬蛋家拴驴的下屋又折回了。狗剩对媳妇说,我们再替孬蛋家垫一年行不?狗剩媳妇骂狗剩窝囊,还说,干了五年村长,什么也没捞着,替人

家垫钱总在行,看你今年再拿什么给人家垫?狗剩一句话也不说。最后,狗剩狠狠地说,小狗剩的学费我会想办法的。

狗剩媳妇就哭了。

第二天,狗剩就去牵孬蛋家的驴。狗剩牵孬蛋家驴的时候,望着泪流满面的孬蛋和在床上不能动弹的孬蛋他爹,心如刀绞。

狗剩还是牵着孬蛋家的驴出村了。狗剩想,把他们这驴卖了,他们还指望啥呀?想到这儿,狗剩就气愤地往驴身上狠狠地抽了一鞭子。没想到这一鞭子下去,驴子一惊,就挣脱了狗剩牵着的缰绳。驴子顺着大路一溜烟地跑了。

狗剩喘着气,在后面追。

狗剩追到邻村的时候,终于看到了那头驴。那驴正在人家庄稼地里吃庄稼。狗剩怕再惊跑驴,便轻轻上前,乘驴不注意猛地一下逮住了驴。狗剩逮住驴后又是一阵猛抽。狗剩边抽着边把驴拽出了庄稼地。

就在狗剩拽着驴刚要上路的时候,那驴突然听到了拴在村口旁的小树林里一头母驴的叫声。狗剩也听到并看到了那头母驴。那驴不顾一切地冲了上去,狗剩死活没拽住。那驴兴奋地冲到母驴旁,一跃而起,两条前蹄准确而坚实地趴在了母驴的屁股上,随后那驴的屁股就像小发动机似的抽动起来。

狗剩在后面用鞭子使劲地抽,使劲地打,那驴始终都不下来,屁股仍像小发动机似的抽动着,而且越来越猛,频率越来越快。狗剩恼羞成怒。狗剩在邻村里,借出了一根正在烧锅用的火钳。狗剩拿着火钳,朝那驴屁股就是一戳。那驴就突然触电似的,瘫软下来。那驴下来后,屁股上还冒着淡淡的白烟。

狗剩把那驴拴在树上,用鞭子转着圈地追着抽。这次,狗剩边抽着边骂着那驴,说——你以为你是谁啊,想吃谁的吃谁的;你以为你是谁啊,想干谁就干谁——狗剩抽那驴抽了将近一袋烟的工夫,却整整骂了一个晚上。狗剩觉得很过瘾。

天快黑的时候,狗剩把那驴悄悄又拴回了孬蛋家的下屋里。

第二年,不是村长的狗剩去了南方。

他们都是坏孩子

> 望着其他七个孩子把饭菜抢得一干二净,就滋生了吃一生最后一顿饭的悲壮。

在淮河村,木头是个特别的孩子。木头一天到晚都孤寡寡的一个人,冷冷的,和谁也不多说话,他娘大翠也不例外。后来有人就说,木头这孩子真是个木头。

木头的爹死得早。木头的爹原是村里炕烟叶的,后来村里不兴种烟叶了,木头的爹就成了村里的饲养员,养了十几头猪。那年夏天,淮河起水,冲垮了猪圈,有六七头猪凫着水就跑了。退水后,木头的爹就四处打听寻找那六七头猪,结果就再也没有回来。后来有人猜测他死了。再后来有人抬回了尸体,证实了这种猜测。

木头出生后,就没见过他爹。

木头和他娘大翠就一直住在村东头那片废弃的烟炕屋里。

在木头5岁那年,木头发现他娘大翠跟他最讨厌的光棍牛栏好上了,木头就恨他娘恨得要死。光棍牛栏样子丑,凸凹不平的癞痢头上没一根毛,左眼皮上还有一道疤,像缝补在上面的破补丁。那夜,当大翠和牛栏的身体像影子一样重叠在一起的时候,木头就被惊醒了。木头端坐在床沿上,像观看一场惊心动魄的决斗。木头憋愤得满脸通红。

木头最终大声骂了一句,操你妈的牛栏,你是个大坏蛋。

木头随即就挨了他娘大翠一巴掌。

那一刻,木头觉得他娘是世界上最坏的女人。

到木头13岁那年,在那简陋的烟炕屋里,原来只有木头一人睡的那张大床,一到夜晚便黑压压的睡满了八个孩子,打鼾的打鼾,磨牙的磨牙。木头知道,他们都是他娘大翠和坏蛋牛栏生的孩子,他们都是坏孩子。木头憎恨他们。

在一个清冷的夜里,木头在那许多奇怪的声响里睡着了又醒了。木头再睡,却怎么也谁不着了。木头就听见在他娘和牛栏的那间屋里,黑着灯,却有窃窃私语。

牛栏说,今天有一只老母鸡跑到咱烟炕里了,我把它弄住了。

大翠说,别是谁家的鸡偷偷跑出来了咧。

牛栏说,真是,管它谁家的,只要进了咱烟炕就是咱家的。

大翠说,鸡你塞腾到哪了?可千万别让它叫了,真要是叫出声来,可有你好瞧,谁都知道咱是买不起那玩意的。

牛栏说,我没那傻咧,当时逮住就一拧脖子,只一下就玩完了,你就等着开开荤吧。

大翠嘻嘻地笑。随后,就是木床欢快的吱扭声。

木头只觉得头戴了紧箍咒一样的痛。

第二天一大早,木头就被激烈的吵嘴声吵醒了。床上横七竖八的孩子也早没了踪影,都奔到窗台、门口看热闹去了。木头冷着脸,躺在那里一动不动,静静地听。

保山媳妇说,你告诉我,不是你还会是谁?你看着我拎着鸡回来,你看着我的鸡还问东问西,我把鸡关在笼子里,除了我家里人只有你知道,你说说,除了你还能是谁?

寡妇李姨说,不是我,谁拿走的我不知道,反正不是我。寡妇李姨反反复复地重复着这几句话。寡妇李姨没有孩子,以前都不太爱说话,即使说也是小声小气的,平常见人只是笑笑而已。木头觉得,寡妇李姨这样

的,才是他亲娘。

保山媳妇说,我男人还住在医院里,我托亲戚借钱买了一只鸡,可还没吃呢,就被她给偷跑了,你说这和病人抢吃东西的,还有良心吗?

人群里立刻嗡嗡地响,好像大家都被保山媳妇的情绪感染了,都有些激愤。

寡妇李姨仍旧重复着一句话,说,不是我,谁偷走的我真不知道,真的不是我。

保山媳妇说,谁不知道,你手脚最不干净了,不是你,会是谁?说咧?

寡妇李姨说,不是我,真的不是我。寡妇李姨哭了,湿成了一团泥。

就在这天晚上,村里传出寡妇李姨死了。是上吊死的。木头听到这个消息,木头静静地哭了。木头觉得,寡妇李姨用死来澄清和一只鸡的关系,不值得。木头憎恨那些始终不相信寡妇李姨的人。

木头这一夜都没睡。

就在半夜,木头又听见在他娘和牛栏的那间屋里,黑着灯,却有人在说着话。木头知道,又是他娘和牛栏在窃窃私语。

牛栏说,寡妇李姨是不是被我们害死了?

大翠说,你咋能这样说呢?寡妇李姨是偷人家的,我们是捡的,就不是一回事,咋胡搀和啥呀。

牛栏说,咋也没想到寡妇李姨会去上吊自杀。

大翠说,上吊咋了?偷了人东西好有脸活呀?

木头实在听不下去,木头就破门而入。木头大骂,操你妈的牛栏,你害死了寡妇李姨,你是个大坏蛋。骂完后木头就直喘气,脖子上的青筋暴得老高,一张脸红紫得像夸张的茄子。

第三天早上,牛栏声色俱厉地望着木头,喝道,这事谁都不许说,听到没?说完就是一巴掌,让木头的脑海中立刻泛起血淋淋的情景。

第三天晚上吃饭的时候,大翠声色俱厉地望着木头,喝道,你敢说出去就撕烂你的嘴,再用缝棉被的针给你一针针缝上。木头没说话。木头望着其他七个孩子把饭菜抢得一干二净,就滋生了吃一生最后一顿饭的悲壮。

第四天早上,大翠和牛栏一开房门,大翠和牛栏当场都昏死过去了。

他们发现,他们所有的孩子都死了,一个个都吊在房梁上,高高地悬着,像一群没有生机的风铃。

第四天晚上,牛栏上吊了,大翠疯了。更令人寒心的是,疯了的大翠,披头散发,一会儿哭一会儿笑,逢人就说,他们都是坏孩子。

替奶奶讲述一个老掉牙的故事

> 傻姑哭了，像雨水注入两片挤压的玻璃里。

我是在淮河边长大的孩子，也许是沾了水的灵性，我的泪特多，特别是处在那种年龄时的我。每次我要哭的时候，奶奶总把我拉到河边，让一个老掉牙的故事，在我的记忆里沉淀。奶奶离去那天，我哭得很厉害，一脸的泪珠随着哭颤的身子不停地筛落，奶奶闭眼的刹那，我看到她眼窝里的泪蓄得满满的，当那两颗泪沉重地滚到枕上时，奶奶和奶奶往后的日子便消逝在日月老去的尽头。

奶奶的一生只讲了一个故事。

淮河边。小村。阿瘪。

阿瘪在小村里全部的依靠是他的爷爷和一只破旧的小船。听说他是跟着他爷爷从异乡来的。在他爷爷老得不能再老的时候，阿瘪便长大了。长大后的阿瘪还是没见过爹和娘。阿瘪问他爷爷说，俺爹哩？俺娘哩？阿瘪的爷爷听后竟着魔似的吼了起来。阿瘪低下头不敢说话了。当阿瘪再抬头时，看到爷爷的脸上淌满了泪。有一天阿瘪撑船回来，发现爷爷已经死了，嘴里塞满了泥土。阿瘪不停地尖叫着,有如铁锨挖住瓷片般刺耳、刺心、刺到良心的伤心处。之后,阿瘪每天天黑的时候,就会背着小船奔来奔去。阿瘪除了能在小河边奔来奔去外,世界便不属于阿瘪了。

阿瘪长大后变得极丑。鸡皮黄脸,眼珠往外凸,几颗大黄板牙一长一短往里外扭,说起话来直漏气,漏出的气又极难闻,两支手发达得倒像别人的两条腿,而两条腿则像变了形的弹弓,走起路来直打撇,整个身子上长下短。所有的女人都不会爱阿瘪,而阿瘪爱的也只是孩子。阿瘪每当看到孩子单独一人时,便会跑去抱抱疼疼,可往往会把孩子吓哭。

听奶奶说,当时阿瘪迷上了村长的女儿傻姑。傻姑并不傻。傻姑长得很俊,俊得能让人学会思念,能让人感受到风携着叶的手私奔的快感;傻姑的声音很甜,甜得像调了蜜,像揉了雪花的柔情,像阿瘪撑船时河里爬行的细波无可挑剔。阿瘪断定傻姑是水做的,于是他经常把手贴在水面上,抑或把脸还有其他的什么贴在水面上,然后嘿嘿地笑。

阿瘪趁村长外出时拦住村长说,我要娶傻姑做媳妇。

村长说,也不撒泡尿照照,熊样!

阿瘪没有娶到傻姑,傻姑嫁给了本村的一个有钱的白面书生。这也是几年后的事了。

奶奶在讲后面的故事时,泪流满面。

在一个冬夜,北风拿着小刀肆无忌惮。村长敲开了阿瘪的木门。

村长说我要渡河。阿瘪说夜里不出船。

村长说,我给你50块钱。

阿瘪把头从被窝里探了出来,很冷。阿瘪把头缩回去说,50块钱也不行。

村长说,我以后准你进村,分你房子,分你地咋样?

阿瘪说那也不行。

傻姑难产,需送医院,求你救救傻姑和孩子一命吧!村长跪了下来。

阿瘪忽地一下蹿了出来,撑船去了。

在船快靠岸的时候,不知怎的,船却意外地裂开了。阿瘪手足无措。发抖的阿瘪松开紧握的船篙打了一个激灵,突然"扑通"一下歪进了河里。好像是风吹的。阿瘪激起的水花闪着寒光,刺得人眼生痛……船被推上

岸了(应该说是拖),村长、村长的女人,还有傻姑的男人都呜呜地哭了。

当他们回来的时候,村民们都拦住村长,说阿瘪死了,还说是冻死在河里的,又说阿瘪真可怜。村长使劲地点头,眼泪叭嗒叭嗒地掉了下来。

令我不解的是,奶奶说傻姑的儿子长得跟阿瘪一样的丑。也不知为什么,这使得我又为阿瘪感到一丝的安慰。我说,阿瘪死得真怪可怜的。阿瘪没有死,奶奶肯定地说。我懵了。

二十年过去了。

又过了二十年。

傻姑携着阿瘪来到桥边。阿瘪快不行了,他要坐最后一次船。河还是那条河,桥是新建的,是阿瘪积攒了一辈子的钱建的。

傻姑让阿瘪躺在船上。傻姑也好几十岁的人了,如绿河中垂下的黄花。船篙在傻姑的手里摇着,船篙激动河水而溅起的水滴,就像他们已凝成血液的泪滴,沿着船篙痛痛快快地流着……

我这辈子,最大的遗憾就是没有娶到你。阿瘪断断续续地说着。

傻姑没说话,停止了摇船。

你男人不是人。阿瘪有点儿激动,抠心的咳嗽在他深埋的心灵里爆满成一片咸涩的苦海。

傻姑哭了,像雨水注入两片挤压的玻璃里。几绺纷飞的白发,也悄悄扯近她那遥远的怨恨。

阿瘪使劲地闭上眼睛。他不想闭上,但他又好想闭上,因为他已梦着了天堂。船快沉了,傻姑知道。傻姑猛地一下扑在阿瘪身上,哭着说,瘪哥,如果有来生,你,你还愿意娶我吗?

阿瘪突然想起身,却再也不能起来,这好像是他期待已久的动作。他安详地闭上了眼睛,把眼角两颗硕大的泪滴,遗落在河水里,同河水一样,泛着甜甜的光……

故事讲完了,需要交代一点儿的是,我的奶奶并不是傻姑,傻姑是我奶奶的姐姐。

也有人说,傻姑就是我的奶奶。